인생맛의 기억

인생 맛의 기억

사랑과 추억이 담긴 마지막 음식 이야기들

초 판 1쇄 2024년 06월 04일

지은이 조광제
펴낸이 류종렬

펴낸곳 미다스북스
본부장 임종익
편집장 이다경, 김가영
디자인 윤가희, 임인영, 조홍래
책임진행 이예나, 김요섭, 안채원, 임윤정

등록 2001년 3월 21일 제2001-000040호
주소 서울시 마포구 양화로 133 서교타워 711호
전화 02) 322-7802~3
팩스 02) 6007-1845
블로그 http://blog.naver.com/midasbooks
전자주소 midasbooks@hanmail.net
페이스북 https://www.facebook.com/midasbooks425
인스타그램 https://www.instagram.com/midasbooks

ISBN 979-11-6910-671-9 03810

값 19,000원

미다스북스는 다음세대에게 필요한 지혜와 교양을 생각합니다.

사랑과 추억이 담긴 마지막 음식 이야기들

인생 맛의 기억

조광제 지음

미다스북스

추천의 말

동양 의서에는 약과 음식은 그 근원이 같다는 말로 약식동원(藥食同源)이라는 사상이 있습니다. 잊지 못할 맛있는 음식을 먹는다는 것은 인생의 건강과 행복을 다 챙기는 것입니다. 대덕대학교 교수 시절 한글과컴퓨터에서 근무하고 있던 필자를 업무상 만났지만, 삶과 인생관이 비슷하여 형제처럼 20년 동안 교류하며 지냈습니다. 필자의 긍정적인 태도와 인생의 의미를 찾아가는 모습에서 항상 긍정적인 에너지를 받았습니다. 미국에서의 생활을 통해 다양한 인종의 사람들이 마지막 순간에 가장 먹고 싶은 음식이 무엇인지 조사하고, 그 음식과 관련된 이야기를 소개하는 이 책은 독자들이 자신이 가장 마지막 순간에 먹고 싶은 음식을 떠올리게 합니다. 또한, 독자분들은 이 책을 읽으면서 미소를 짓게 될 것입니다.

강종규 주식회사 메타컴 대표

『인생 맛의 기억』을 읽으며, 또 조광제 작가와의 교류를 통해 그의 타인에 대한 호기심과 삶에 대한 진지함이 어떻게 이 책에 녹아 있는지를 명확히 느낄 수 있었습니다. 또한, 감동적인 이야기를 시각적으로 완벽하게 표현해 준 점은 이 책의 최대 강점이라고 생각합니다. 『인생 맛의 기억』은 그야말로 출판계에서 빛을 발할 작품으로 자리매김할 것으로 기대됩니다. 독자들은 이 책에서 음식을 매개체로 하여 지구촌 사람들의 삶과 생각을 경험하게 될 뿐만 아니라 잔잔한 재미와 울림을 느낄 수 있을 것입니다.

조미경 CMK이미지코리아 대표

인간에게 음식은 삶에서 절대적인 비중을 차지합니다. 음식에 기쁨이 담기기도 하고, 슬픔이 담기기도 하며, 추억들이 고스란히 스며들어 있습니다. 매일 먹는 음식에 대한 고민도 많이 하지만, 인생에서의 마지막 음식(Last meal)에 대한 의미는 가족, 연인, 친구 그리고 자신만의 추억 등을 생각하며 음식 이상의 의미를 갖게 만들어 줍니다. 필자가 저에게 인생에서의 마지막 음식을 질문하였을 때, 저 역시 가슴 깊은 곳에서 따뜻함과 아련함이 함께 묻어 있는 부모님과의 식사가 가장 먼저 떠올랐습니다. 『인생 맛의 기억』을 통하여 다른 분들의 추억과 함께하는 음식들을 간접 경험할 수 있는 기회를 주신 조광제 작가님께 깊은 감사를 드립니다. 이 책을 읽는 독자 분들도 『인생 맛의 기억』을 떠올리며 인생에서 최고의 순간을 함께하시길 바랍니다.

어태수 Neozips 대표

조광제 작가의 『인생 맛의 기억』은 선택된 마지막 식사를 통해 사람들의 삶, 추억, 그리고 문화의 아름다움을 감동적으로 보여주는 작품입니다. 작가는 섬세한 필체로 각 인물의 마지막 식사를 통해 그들의 이야기를 깊이 있게 전해줍니다. 이 책은 단순한 음식 이야기를 넘어 우리의 정체성과 문화가 선택에 미치는 영향을 탐구합니다. 각 인물이 선택한 마지막 식사 뒤에 숨겨진 이야기는 독자들의 감정을 자극하고, 서로 연결된 우리의 삶을 일깨워줍니다. 필자의 질문에 나는 커피를 마지막 식사로 선택했습니다. 그 안에 나의 인생 이야기가 길들여지지 않은 길 위의 자유로운 바람처럼 담겨 있습니다. 필자 조광제는 일과 영성에서 함께한 오랜 영적 소울 메이트로, 그의 작품을 통해 그의 깊은 세계를 이해할 수 있었습니다. 마지막 식사는 독자들에게 감동과 사색을 선사하고, 우리의 존재와 삶의 가치에 대해 새로운 관점을 제공합니다. 이 책은 맛의 기억과 경험을 선물처럼 전해줍니다.

김주희 제이월드그룹 대표, 경영자 비즈니스코치

이 책은 미국에 거주하는 다양한 문화권에 사는 사람들이 인생의 마지막으로 선택한 음식에 대한 이야기를 모아 놓은 것으로, 단순한 음식 이야기를 넘어, 음식을 통해 문화적 정체성 및 개개인의 삶을 이해할 수 있는 통찰을 제공합니다. 독자 여러분께서 이 책을 통해 미국 내 문화적 다양성을 보다 깊이 이해하고, 각 문화가 어떻게 개인의 선택과 삶에 영향을 미치는지를 경험하시게 될 것입니다. 이 책은 단순한 음식 이야기가 아닌 마지막 식사라는 키워드로 특정 음식을 선택함으로써 개개인의 관심사 및 문화, 그리고 교차점을 연구할 수 있는 매우 특별한 작업이라 할 수 있습니다.

한아름 US Tax Service 대표

고등학교부터 시작된 인연으로 조광제 작가와는 지금까지 돈독한 우정을 유지하고 있는 오래된 친구입니다. 어린 시절에는 왕성한 식욕에 음식의 맛보다는 양으로 먹던 시절이라 음식에 대한 추억이 별로 없지만, 그래도 생각나는 것이 있다면 가족들이 집안 행사에 먹던 탕수육, 자장면 같은 중식입니다. 간혹 조 작가가 한국에 올 때는 이 친구가 먹고 싶은 음식이 뭘까를 고민하여 메뉴를 선택하고 그 음식과 함께 지난 시절 이야기와 지금 사는 이야기를 하면서 또 하나의 추억을 만들어갑니다. 조 작가는 오랜 해외 생활을 하며 수많은 음식을 접했기에 그 음식에 담긴 소중한 추억들을 갖고 있으리라 생각합니다. 그의 저서 『인생 맛의 기억』은 우리가 일상에서 특별한 음식을 선택하는 이유에 대해 깊은 생각을 하도록 합니다. 오랜 시간 지내오면서 함께한 여정을 돌아보며, 그 안에서의 소중한 추억들을 다시 회상하며 그 시절로 돌아가고픈 마음입니다.

조상윤 주식회사 다한테크 대표

들어가는 말

어떤 음식을 생의 마지막에
드시고 싶습니까?

우리는 매일 눈, 코, 입, 귀, 피부를 통해 세상을 만나며, 수많은 정보를 받아들인다. 그중에서도 입을 통해 받아들이는 음식의 맛은 우리에게 가장 강력한 기억을 남긴다. 어린 시절의 친구 이름이나 얼굴은 잊히지만, 어떤 음식의 맛은 우리가 사는 동네의 한 곳에서 맛보았던 그 순간으로 우리를 되돌아가게 한다. 우리 삶에 있는 특별한 경험들과 의미는 음식과 함께 깊게 얽혀 있는 경우가 많다. 음식은 우리를 살려주는 영양뿐만 아니라, 우리의 기쁨과 추억을 함께 만드는 특별한 매개체이다.

이 책은 사랑하는 사람들과 함께한 소중한 순간, 그리고 우리가 선택한 마지막 음식에 대한 이야기이다. 함께한 순간의 감정과 추억을 공유하며, 우리가 어떤 음식을 통해 느낀 감정을 함께 되새겨 보고자 한다. 이 책을 통해 우리는 음식이 우리의 삶에 미치는 영향과 중요성을 다시 한번 생각해 볼 수 있기를 바란다.

원래, "마지막 식사(Last Meal)"라는 용어는 교도소에서 사형수들에게 사형 집행 직전에 본인이 먹고 싶은 음식을 선택하게 함으로써 마지막으로 인간적인 대우를 해주는 것에서 유래했다. 그러니 이 용어는 단순히 죽음을 의미하는 것이 아니라, 우리가 사랑하는 사람들과 함께하는 마지막 순간에 먹고 싶은 음식을 선택하는 것을 말한다. 이 선택은 우리의 인간적인 감성과 추억으로 가득 차 있다. 예수님도 십자가에 달리시기 전에 열두 제자와 함께 최후의 만찬(Last Supper)을 즐기셨다.

우리가 매일 섭취하는 음식은 생존을 위해서 필수적이

다. 현대 사회에서는 생존이 아닌 먹는 기쁨으로 우리는 하루의 스트레스와 맞서고 있다. 직장인들은 매일 점심으로 무엇을 먹어야 할지 출근하면서 생각하게 된다. 오늘은 뭘 먹지? 주부들은 가족들이 먹을 음식을 생각하고 마트에 가서 장을 본다. 영양사들은 구내식당의 주간 단위 식단을 부지런히 생각하고 준비하고 공지한다. 군대 취사병도 마찬가지다. 특식을 만들 때면 먹고 즐거워할 동료 군인들의 모습을 떠올리며 콧소리 나오게 음식을 준비한다. 또한, 음식은 온 가족을 식탁으로 불러 모으고 추억을 공유하게 하는 가장 중요한 매개체이다.

필자는 삼성의 프랑스 지역 전문가로 활동하던 1995년, 1년 동안 프랑스 전 지역을 여행하면서 각 지방의 지역 음식과 치즈, 와인을 접했던 시절을 잊을 수 없다. 또한, 삼성 소프트웨어 엔지니어로 삼성의 90여 개국 지점을 방문하며 낮에는 개발한 소프트웨어 시스템 사용자 교육을 하고 밤에는 해당 나라의 맛있는 음식을 대접받았던 행운도 있었다. 가장 기억에 남는 음식은 싱가포르에 위치한 점보 식당(Jumbo Restaurant)이다. 이 식당에서 판매하고 있는 칠리 크랩(Chilly Crab), 페퍼 크랩(Pepper Crab)은 둘이 먹다 하나가 죽어도 모를 맛이다. 달콤한 칠리 크랩은 꽃빵을 그 소스에 적셔 같이 먹는 맛이 일품이지만 결국 감칠맛의 끝판왕인 페퍼 크랩으로 마무리하게 된다.

맛있는 음식을 먹을 때 생각나는 사람이 자기가 가장 사랑하는 사람이라는 말이 있다. 싱가포르 점보 식당에서 혼자 맛있는 걸 먹고 있어서 아내와 세 명의 자식들에게 미안한 마음이 들었다. 이때 품었던 생각이 씨앗이 되어서 몇 년 뒤 온 가족을 이끌고 싱가포르 여행을 가게 되었다. 물론 점보 식당의 페퍼 크랩을 같이 먹기 위해서였다.

200여 개 민족이 모여 사는 거대한 커뮤니티인 미국은 세계 각국의 음식 문화를 접할 수 있는 가장 최적화된 나라이다. 음식은 어떤 민족이든 최고의 문화 산물이기에 각각의 음식에는 사연이 있고 기쁨이 있다. 필자는 1998~2003년 미국 캘리포니아 산호세에서 삼성 주재원을 하였고, 2010년에는 미국 캘리포니아 플러튼 (Fullerton)으로 가족과 함께 이민을 오게 되었다.

이 책은 미국에서 생활하면서 만난 미국 사람들에게 "가장 좋아하는 음식이 무엇이냐?" "마지막 식사(The Last Meal)를 무엇으로 하고 싶으냐?"라는 필자의 단순한 궁금증에서 시작하게 되었다. 그 음식을 선택한 사연 그리고 마지막 식사로 선택할 만큼 중요한 음식에 대해서 소사한 후, 이를 만들어 먹거나 사 먹어 보아서 그 이유를 직접 느껴 보고 싶었고 그 과정을 공유하고 싶었다.

인생에서 마지막 음식을 무작위로 고르라고 하면 사람들은 국적을 불문하고 어렸을 때 어머니가 해주었던 음식을 택하거나 혹은 연말, 특히 크리스마스 시즌에 가족들과 함께 먹은 음식들을 많이 선택하게 된다. 이때 먹었던 음식을 먹음으로써 가족과 함께 웃고 떠들며 즐겁게 식사했던 추억을 되새기려 하는 것이다. 이를 통해 행복한 기억을 되새기려 하는 것이 인간의 본성임을 알 수 있었다.

평생 맛있는 음식을 정성으로 만들어 준 어머니와 아내의 무한한 사랑에 가슴속 깊이 고마운 마음을 전하고 싶다. 그리고, 인터뷰에 기꺼이 응해주신 모든 분들과 응원해 주신 분들에게 이 자리를 빌려 진심으로 감사드린다.

2024년 6월

미국 캘리포니아 Buena Park에서

조광제

목차

Part 2. 특별한 순간, 행복한 기억　－ 미국, 남미, 유럽, 아프리카 커뮤니티

Part 3. 나의 삶과 음식 이야기

Part 1

마지막 식사로 선택한 이유는 추억

- 아시안, 코리안 커뮤니티

"음식은 언어로 표현할 수 없는 감정을 전달한다."

줄리아 로버츠(Julia Roberts)

1

Black Pepper
Crab

멈출 수 없는 중독성

블랙 페퍼 크랩

필자가 싱가포르의 점보식당(Jumbo Restaurant)에서 먹은 블랙 페퍼 크랩(Black Pepper Crab)은 그 어떤 음식과도 비교할 수 없는 특별한 맛을 선사했다. 그 진한 후추 향과 게의 신선한 감칠맛이 어우러져 먹는 순간, 맛의 완전한 절정을 느낄 수 있었다. 게다가 이곳에서는 달콤한 칠리 크랩도 매우 유명했는데, 그 양념에 꽃빵을 찍어 먹는 순간의 감동은 두말할 나위가 없었다.

　하지만, 이 특별한 맛을 느끼기 위해서는 반드시 싱가포르를 방문해야 했다. 미국에는 점보식당이 진출하지 않아서 오리지널 맛을 느끼기 어려웠다. 그래서 가끔은 집에서 시도해 보기도 했지만, 매번 실패하고 말았다. 그런데 어느 날, 반가운 소식이 도착했다. 점보식당의 온라인 사이트에서 칠리 크랩과 페퍼 크랩을 위한 소스를 패키지로 판매하기 시작했다는 것이었다. 이 소스를 이용해서 집에서도 오리지널 맛을 느낄 수 있다는 것이었다. 그래서 손쉽게 구입해서 레시피를 따라 해보았다. 그 결과, 이제는 집에서도 점보식당에서 느꼈던 그 특별한 맛을 즐길

수 있게 되었다. 지금 이 순간도, 그 감동적인 맛과 향이
내 입안에서 퍼져나가고 있다.

블랙 페퍼크랩 리테일 제품   칠리크랩 리테일 제품

2

Taiwanese
Sausage Plate

대만의 맛을 담다
대만 소시지 플레이트

한국계 유정 씨는 최근 라스트 밀로 대만식 소시지 플레이트를 선택했다. 이 음식은 그녀가 가장 좋아하는 소박하면서도 맛있는 음식 중 하나로, 짜지 않고 달짝지근한 소시지와 함께 옥수수 볶음, 구운 달걀, 신선한 야채, 그리고 밥이 한 접시에 담겨 있는 것으로 유명하다. 유정 씨는 고급 요리인 스테이크나 랍스터보다도 자신의 입맛에 맞는 음식을 선택하는 것이 중요하다고 생각한다. 그녀는 입맛에 딱 맞는 음식을 먹으면서 행복함과 만족감을 느낀다. 이번 라스트 밀에서 선택한 소시지 플레이트는 그녀에게 많은 추억과 행복한 순간을 떠올리게 하는 특별한 음식 중 하나이다.

라 신바라(La Sinbala) 식당은 캘리포니아 아르카디아(Arcadia)에 위치하고 있으며, 이곳에서 제공되는 대만식 소시지 플레이트는 지역 주민들 사이에서 극찬을 받고 있다. 식당은 신선한 재료를 사용하여 정성스럽게 조리된 음식과 친절한 서비스로 손님들을 맞이하고 있으며, 특히 이곳의 소시지 플레이트는 인기 메뉴 중 하나로 자리 잡고 있다.

　주소는 '651 W Duarte Rd, Suite F, Arcadia, CA 91007'이며, 유정 씨는 이곳을 방문한 후 매우 만족스러운 음식 경험을 했다고 전했다. 함께하는 가족, 친구, 혹은 소중한 이들과 함께 먹는 이 특별한 음식은 더욱 감동적인 순간을 만들어줄 것으로 기대된다. 그녀는 라스트 밀을 선택함으로써 즐거운 시간을 보내고 소중한 인연을 더욱 깊게 이어가고 싶다고 덧붙였다.

3
Sushi

일본 맛의 진수

스시

미국의 60대 변호사인 토마스(Thomas) 씨는 자신의 라스트 밀로 일본 스시를 선택했다. 이는 미국의 다수 남성들이 선택하는 적포도주와 스테이크 디너와는 달랐지만, 그에게는 그만의 특별한 이유가 있었다. 토마스 씨는 어릴 적부터 고기류를 좋아했지만, 특히 생선 요리에 대한 특별한 애정을 갖고 있었다고 전했다. 그러나 어머니가 생선을 조리하는 것이 번거롭고 시간이 오래 걸려서 자주 먹을 수 없었다고 한다.

성인이 된 후 처음으로 스시를 먹어본 토마스 씨는 어릴 적에 가끔 먹어본 생선 요리와는 다른 경험을 하게 되었다고 전한다. 조리되지 않은 신선한 생선과 다양한 재료를 스시 식초로 버무려 만든 초밥은 그에게 깊은 충격을 주었으며, 그 이후로 일본 스시는 그의 가장 좋아하는 음식이 되었다고 말한다. 마지막 순간에도 이 특별한 음식을 먹으면서 즐기고 싶다는 그의 소망은 매우 진지했다. 이를 통해 그는 자신의 삶에서 가장 소중한 순간에 한 끼의 식사가 얼마나 중요한 역할을 미치는지, 또 소중한 순간에 함께하는 음식이 얼마나 중요한지를 되새겨 보게 되었다고 전한다.

토마스 씨는 말하길, 한때는 단순한 식사 선택으로 여겨지던 것이 이젠 자신의 인생에 대한 성찰과 우정, 그리고 특별한 순간들을 되새기게 하는 계기가 되었다고 한다. 그는 말한다. "우리는 종종 음식을 선택함으로써 우리 자신과 우리의 인생을 되돌아보게 된다. 그리고 그 선택이 우리에게 어떤 의미를 갖는지를 깨닫게 된다." 이처럼 토마스 씨의 이야기는 단순한 식사 하나가 얼마나 깊은 의미를 갖는지를 되새기게 하며, 우리에게 생각할 거리를 남긴다.

4

Japanese
Ramen

라멘의 유혹

일본 라멘

미국 내 많은 아시안 여성들이 일본 라멘을 라스트 밀로 선택했다. 이러한 추세는 미국의 다문화적인 사회와 함께 아시안 식문화가 더욱 풍부해지고 있다는 증거로 여겨진다. 특히 크리스틴(Christine) 씨는 일주일에 최소 한 번은 점심으로 라멘을 즐긴다고 밝혔으며, 그녀의 마지막 식사로도 라멘을 택할 것이라고 설명했다. 그녀는 이러한 선택의 이유로 일본 라멘의 특별한 매력을 꼽았는데, 그것은 면의 풍부한 식감과 다양한 육수, 고명의 조화로움에서 나오는 깊은 맛과 향을 경험할 수 있다는 점 때문이다.

크리스틴 씨는 특히 캘리포니아 부에나 파크(Buena Park)에 위치한 '키타카타 라멘 반 나이(Kitakata Ramen Ban Nai)' 식당에서 파 토핑이 가득한 '그린 칠리 시오라멘(Green Chili Shio Ramen)'을 가장 선호한다고 밝혔다. 이 식당은 원래 일본 키타카타 시에서 1953년에 문을 열었으며, 현재 일본 내에는 57개 매장을 운영하고 있다. 또한 미국 내에도 7개 매장을 운영하고 있어 미국 아시안 커뮤니티에서도 상당한 인기를 끌고 있다.

이러한 정보는 미국 내 아시안 식문화의 다양성과 발전을 보여주는 중요한 사례로 여겨진다. 크리스틴 씨의 선택은 그녀뿐만 아니라 다른 많은 소비자들이 아시아의 풍부한 식문화를 경험하고 즐기고자 하는 추세를 잘 반영하고 있다. 라멘은 과거에는 주로 아시안 소비자들이 선호하는 음식으로 여겨졌지만, 최근 몇 년간 그 인기가 크게 증가하면서 많은 미국인들이 라멘에 대한 관심을 보이고 있다. 이러한 변화는 미국 사회에서 아시안 식문화가 더욱 풍부해지고 있다는 증거로 여겨진다. 이러한 추세는 더 많은 미국인들이 다양한 아시안 요리를 시도하고 즐기는 데 기여하고 있으며, 아시아의 다양한 식문화가 미국의 식품 산업에도 영향을 미치고 있는 것을 반영한다.

5

Tekone
Sushi

어부를 위한 스시

테코네 스시

23세의 일본계 미국인 앤(Anne) 씨는 고등학교 여름 방학 때, 일본 미에(Mie) 현으로 여행을 떠났다. 앤 씨는 그곳에 있는 호스피스 병원에서 인턴십을 수행하며 각종 병으로 죽음을 앞둔 노인분들을 위해 봉사했다고 한다. 앤 씨는 그곳에서 환자들의 편안한 마지막을 위해 바닷가를 함께 산책하거나, 좋아하시던 음악 콘서트를 데려가는 등 다양한 활동을 했다. 이런 경험을 통해 앤 씨가 깊게 느낀 것 중 하나는 무엇보다도 자신의 담당자로 있었던 분에 대한 존경심이었다. 덕분에 평소 그분이 소박하게 드셨던 테코네 스시가 앤 씨가 선택한 마지막 식사의 이유가 되었다.

테코네 스시는 가다랑어, 참치 등의 살코기를 간장 소스에 재워 초밥과 섞어 만든 전통 초밥의 한 종류이다. 이 음식은 일본 시마(Shima) 지역이 원산지로 알려져 있으며, 원래는 선상에서 조업하면서 음식을 준비하는 어부들이 만든 음식이다. 선상에서 초밥을 가져와 가다랑어 덩어리를 절인 후 손으로 초밥과 잘 섞어 만들어 먹는다. 이 지역에는 해녀로 일하는 여성이 많기 때문에 준비에 많은 시간이 필요하지 않은 이 음식이 주식이 되었다고 한다. 오늘날에도 테코네 스시는 여전히 인기가 있으며 파티 음식으로도 자주 제공된다.

'테'는 '손'이라는 뜻이고 '코네루'는 '주무르다'는 뜻으로 '테코네 스시'는 '손으로 주물러 먹는 스시'라는 뜻이다. 유래는 그렇지만 현재는 젓가락을 이용해서 먹는다. 치라시 스시의 일종이자 마구로동같이 보이는 음식이다. 밥 사이 사이에 일본 깻잎인 시소를 넣어서 먹기도 한다. 앤 씨가 이런 소중한 경험을 통해 선택한 테코네 스시는 그녀에게 특별한 의미가 있을 것으로 보인다.

6

Phở

베트남의 향기

포

건설 회사에서 일하는 제니퍼(Jeniffer) 씨는 어린 나이에 부모님과 함께 보트피플(Boat People: 망명을 하기 위해 배를 탄 사람)로 미국에 왔다. 그녀의 부모님은 남부 캘리포니아 리틀 사이공 지역에서 포(Phở) 집을 운영하셨고, 그래서 제니퍼 씨는 어렸을 때부터 포를 거의 매일 먹을 기회가 있었다. 이러한 배경으로 인해 제니퍼 씨에게 포는 그냥 음식이 아닌 특별한 의미를 지니고 있다. 그녀는 포가 그녀의 삶을 지탱하는 음식이자 마지막 순간까지 함께하길 바라는 음식이라고 말했다.

포는 베트남 사람들이 프랑스로부터 배운 닭 육수를 사용하여 만든 쌀국수 요리이다. 이 요리에는 실란트로(Cilantro)와 같은 건강한 허브, 소고기, 새우 등이 들어가며, 그 맛과 향은 독특하다. 미국에서는 이러한 포가 한 끼 식사로 매우 인기가 있다.

1998년, 필자는 미국 산호세에 삼성SDS 주재원으로 파견되어 포퀸 누들 하우스(Phở Queen Noodle House)라는 유명한 포 집에서 포를 처음 맛보았다. 이후, 6개월 동안 거의 매일 해산물 포를 즐겼으며, 국물에 밥을 말아 먹을 정도로 포의 맛을 즐겼다. 현재까지도 필자는 산호세를 방문할 때마다 포퀸 누들 하우스를 찾아가는데, 이곳은 이 지역에서 가장 사랑을 받고 있는 포 전문점이다. 해당 식당의 주소는 '1133 Tasman Drive, Sunnyvale, CA 94089'이다.

7

Stewed Pork
Leg over Rice

타이의 감동을 한 그릇에
족발 덮밥

UI/UX 기획자로서 헤이즐(Hazel) 씨는 자신의 직업적 역량과 미식가로서의 열정을 결합하여, 다양한 식도락을 탐험하며 미식의 세계를 탐구하고 있다. 그녀는 라스트 밀로 타이 족발 덮밥을 선택한 이유를 설명하면서, 그간 먹어본 다양한 음식 중에서도 이를 선택한 것에는 매우 특별한 이유가 있다고 강조했다. 헤이즐 씨는 한국에서 자주 먹었던 족발의 익숙한 맛과 향기를 기억함과 동시에, 그녀에게 새로운 맛과 경험을 타이 족발 덮밥이 더해주었기에, 이 음식을 라스트 밀로 선택하게 됐다고 한다.

그녀는 자신이 경험한 타이 음식의 다양성과 매력을 덧붙여 이야기했다. 타이 음식은 그 특유의 향신료와 풍부한 양념을 통해 다양한 맛과 향을 느낄 수 있으며, 이러한 다채로운 조합이 미각을 자극한다고 한다. 특히 타이 족발 덮밥은 신선한 족발과 고소한 밥, 다양한 채소와 향신료가 조화롭게 어우러져, 한국에서 먹었던 족발보다도 더욱 풍부한 맛과 향을 선사한다고 한다.

한편, 헤이즐 씨가 추천한 루엔 페어(Ruen Pair) 타이 식당은 '5257 Hollywood Blvd, Los Angeles'에 위치하고 있다. 이 식당이야말로 태국 음식의 진수를 맛볼 수 있는 곳으로, 신선한 재료와 정교한 조리법으로 타이 음식의 맛을 최대한 살려내고 있다고 한다. 이 식당은 태국의 전통적인 맛과 현대적인 스타일이 조화를 이룬 메뉴로 손님들을 맞이하며, LA 지역에서 태국 음식을 즐기고자 하는 이들 사이에서 큰 인기를 끌고 있다.

필자는 직장 생활 초기에 일을 마치고 동료들과 함께 태평로에 있는 맥주 전문점에 자주 갔다. 그 이유는 뼈에 붙어 있는 훈제 족발과 잘 익은 부추김치 그리고 함께 마시는 생맥주의 맛을 잊지 못했기 때문이다.

8

Buckwheat
Soba

상쾌한 메밀 향

메밀 소바

정수빈 씨는 마지막으로 먹을 음식으로 메밀 소바를 선택했는데, 그 이유에는 메밀 소바 한 그릇에 아련한 추억이 함께 담겨 있기 때문이라 말했다. 그녀는 어렸을 적, 강사인 어머니를 따라 백화점 문화 센터에 간 적이 많았는데, 강의를 하시는 어머니를 기다리는 동안 항상 메밀 소바와 체리 아이스크림을 먹었다고 한다. 그 특별한 순간은 어릴 때의 행복한 시간을 채워주는 것처럼 정수빈 씨의 마음속에 여전히 생생하게 남아 있다.

메밀 소바는 그녀에게 단순히 음식으로서의 맛뿐만 아니라, 어린 시절의 소중한 추억을 떠올리게 한다. 특히 여름철의 냉 메밀 소바는 그녀에게 특별한 의미를 지니고 있다. 간장, 미림, 다시마 육수로 만든 쯔유의 독특한 향은 정수빈 씨의 마음까지 가득 채워주었고, 소바의 식감과 함께 어머니와 함께한 그 시간을 떠올리게 했다.

메밀 소바는 산뜻한 맛과 함께 시원함을 느끼게 해주는데, 그 위에 간 무와 고추냉이를 올려 먹으면 더욱 상큼하고 매콤한 맛이 입안에 퍼져 나간다. 어머니의 행적을 따라 이미지 컨설턴트로서의 길을 걷고 있는 정수빈 씨는 메밀 소바를 먹을 때의 소중한 추억을 더욱 깊이 간직하고 있다. 그녀는 어린 시절의 메밀 소바와 함께한 행복한 순간을 떠올리며, 미국에서의 생활 속에서도 이른바 마지막 식사로 메밀 소바로 선택한 것은 그녀의 마음속에 깊게 새겨진 소중한 추억에 대한 소중한 맛의 기억이라고 말한다. 필자도 청년 시절 메밀 소바를 10판 이상 먹을 정도로 좋아했는데, 50판 이상 먹으면 음식값을 받지 않는 식당도 서울 태평로에 있었다.

9

Rice Congee

중국의 따스한 위로

라이스 콩지

국방 관련 회사에서 일하는 중국계 엔지니어인 앤드루 (Andrew) 씨는 자신의 마지막 식사로 라이스 콩지를 선택했다. 그것은 그에게 어릴 적부터 함께해온 소중한 기억을 대변하는 음식이었다. 라이스 콩지는 쌀을 물에 불린 후 오랫동안 끓여서 알갱이를 부드럽고 무르게 한 음식으로, 그 속에는 계란, 생강, 마늘, 해산물 등 다양한 토핑이 들어간다. 특히 앤드루 씨는 오리알 토핑을 가장 좋아한다고 했다.

이 라이스 콩지는 아시아 국가뿐만 아니라 전 세계에서 인기 있는 음식 중 하나이다. 아침 식사로 자주 먹는 것은 물론이고, 몸이 피곤하거나 아플 때에도 위로가 되는 음식이다. 또한, 지역에 따라 다양한 변형이 있는데, 닭고기와 함께 끓인 치킨 콩지나 소고기와 함께 끓인 비프 콩지 등이 있다. 중국에서는 라이스 콩지와 함께 '유티아오 (Youtiao)'라는 중국식 도넛을 즐기는데, 이는 밀가루와 물을 반죽하여 오일에 튀겨 바삭하고 길쭉한 모양으로 만든 음식이다. 유티아오는 주로 아침 식사로 먹는 음식이다.

앤드루 씨는 라이스 콩지를 먹을 수 있는 좋은 장소로 캘리포니아 코스타 메사에 위치한 '캐피털 누들바(Capital Noodle Bar)'를 추천했다. 그곳은 고품질의 재료와 정교한 조리법으로 유명하며, 고객들에게 맛있는 라이스 콩지를 제공하고 있다. 이곳에서는 다양한 종류의 라이스 콩지를 맛볼 수 있을 뿐만 아니라, 지역 특산물을 사용한 다양한 메뉴도 즐길 수 있다. 주소는 '3033 Bristol St C, Costa Meas, CA 92626'이다.

10

Khichdi

인도의 심플한 매력

키치디

인도에서 태어나 미국으로 이민 온 싱(Singh) 씨는 어린 시절 먹었던 키치디를 선택했다. 그가 이 음식을 선택한 배경에는 키치디에 대한 그의 특별한 기억과 함께, 인도 문화와 그 속에 담긴 풍부한 의미가 있었다. 인도의 다양한 지역에서는 향신료와 렌틸콩을 사용하여 각자의 방식으로 키치디를 만들어내는데, 이는 일반적으로 인도 아기들에게 처음으로 먹이는 음식으로 알려져 있다. 더불어 몸이 약한 성인들에게는 편안함과 건강을 불어넣어 주는 영양가 풍부한 식물성 단백질이 가득한 음식으로 평가받는다고 한다.

키치디는 인도에서 아침 식사나 야식으로 많이 즐겨 먹는 음식이다. 이는 그만큼 건강하고 영양가가 풍부하여 소화하기 쉽기 때문이다. 지역에 따라서는 다양한 형태와 재료로 만들어지는데, 그중에서도 '바사니 키치디(Basmati Khichdi)'는 잡곡 백미를 사용하여 만들어지는데, 이는 그 고유의 향과 맛으로 유명하며 고급스럽다고 알려져 있다. 또한, '우들즈 키치디(Oodles Khichdi)'는 보리를 사용하여 만들어지는데, 특유의 고소한 맛과 식감을 지닌다고 한다.

싱 씨는 자신이 경험했던 키치디의 다양한 맛과 풍미를 되새기며, 그 특별한 음식으로 마지막 순간을 장식하고자 했다. 마지막 식사로 키치디를 선택한 싱 씨의 이야기는 미국이라는 커뮤니티에 살지만 그의 인도인으로서의 아이덴티티는 변하지 않았다는 것을 보여준다.

11

Pav bhaji

뭄바이 길거리의 별미

파브 바지

미국에서 태어난 인도인 알렉스(Alex) 씨는 그의 채식주의 삶을 라스트 밀로 끝내기 위해 파브 바지(Pav Bhaji)를 선택했다. 각종 야채에 풍부한 카레 소스를 넣어 볶은 후에는 소프트 롤 빵(Soft Bread Roll)과 함께 제공되는 이 음식은 인도 패스트푸드의 대표적인 메뉴 중 하나다. '파브(Pav)'는 빵을, '바지(Bhaji)'는 야채 카레를 의미한다.

영국은 1858년부터 1947년까지 89년 동안 인도를 식민지로 지배했다. 그간 영국 동인도 회사는 17세기 중반부터 인도의 면직물을 이용하여 수백 명의 인도인을 고용하여 일을 시켰다. 특히, 뭄바이(Mumbai) 등에 방직 공장을 설립하여 인도의 면직물 생산을 촉진했다. 이로써 인도의 섬유 산업은 영국 동인도 회사 수익의 상당 부분을 차지하게 되었다. 실제로 약 100년간 동인도 회사가 인도의 섬유 판매를 통해 벌어들인 수익이 동인도 회사 전체 이익의 60%를 차지했다고 한다.

뭄바이의 방직 공장에서는 수많은 공장 노동자들을 위

해 싸고 빨리 먹을 수 있는 음식을 개발했다. 그것이 바로 파브 바지였다. 큰 솥에 다양한 야채를 썰어 넣고 물과 카레를 함께 끓여 낸다. 그리고 주위에는 모닝빵을 동그랗게 놓아둔 후에 점심시간에는 수많은 노동자들이 줄 서서 빵 한 조각과 야채 카레를 식판에 담아 점심을 해결했다. 이것이 그 후로도 배고픈 노동자들에게 싸고 든든한 한 끼 식사로서 자리 잡게 되었고, 현재는 인도의 식당과 길거리 음식으로서 널리 사랑받고 있다.

12

Ground
Soybean
Stew

콩의 깊은 맛
비지찌개

미국의 스시(Sushi) 식당에서 셰프로 일하는 김대호 씨는 라스트 밀을 고르는 데 망설임 없이 비지찌개를 선택했다. 어렸을 적, 할머니가 끓여 주시던 비지찌개는 그에게 가장 강렬한 기억 중 하나로 남아 있다고 한다. 북한에서 어린 시절을 보냈던 김대호 씨의 할머니는 북한식으로 콩물을 빼지 않고 불린 콩을 곱게 갈아 만든 '되비지'를 사용하여 비지찌개를 끓였다고 한다. 이제는 추운 겨울이면 그때 할머니가 끓여 주시던 비지찌개가 그리울 때가 많다고 한다. 하지만 요리사인 그로서도 그 맛을 다시 만들어 내는 것은 쉽지 않다고 한다.

비지찌개는 한국의 전통 음식으로, 그 유래는 오랜 역사를 가지고 있다. 원래는 가난한 가정에서 남은 재료를 활용하여 만들던 음식으로, 두부를 만들 때 생기는 찌꺼기인 '비지'를 이용하여 끓인 것에서 비롯되었다. 과거에는 주로 돼지고기와 배추김치를 함께 사용하였으나, 지역에 따라 다양한 재료와 스타일로 변화하였다.

이 음식은 한국의 겨울철에 특히 인기가 있는데, 그 이유는 영양가가 풍부하고 소화가 잘 되는 재료들을 사용하기 때문이다. 돼지고기와 배추김치로 만든 비지찌개는 몸을 따뜻하게 해주는데, 이는 한국의 추운 겨울을 따뜻하게 이겨내기 위한 지혜로운 방식 중 하나로 여겨진다.

비지찌개는 지역에 따라 다양한 종류가 있으며, 각 지역의 특색을 반영하고 있다. 예를 들어, 평안도에서는 돼지고기와 배추김치를 주 재료로 사용하며 끓인 후 마늘을 첨가하여 고소하고 진한 맛을 내는데, 이는 지방 지역의 특징을 잘 보여준다. 전라도에서는 해산물이나 조개류를 넣어 끓이는 등 지역적 특성에 따라 다양한 변화를 보인다.

이러한 다양한 종류의 비지찌개는 한국의 역사와 문화를 담고 있으며, 한국인들에게는 어린 시절의 추억을 떠올리게 하는 소중한 음식 중 하나로 자리 잡고 있다.

13

Korean
BBQ

불맛 가득, 육즙 가득
코리안 바비큐

많은 미국 사람들이 한국 바비큐를 선택하는 이유는 다양하다. 먼저, 저렴한 가격에도 불구하고 푸짐한 양의 음식을 즐길 수 있다는 것이 큰 장점이다. 또한, 특히 한국 바비큐는 다양하고 풍성한 반찬이 무한 리필로 제공되어, 라틴계 미국인들을 비롯한 다양한 문화적 배경을 가진 사람들에게 인기를 끌고 있다. 실제로 한국 바비큐 집을 방문하면 한국인보다 외국인의 비율이 더 높고, 특히 주말에는 예약 없이 자리를 얻기 어렵다. 카를로스(Carlos) 씨는 필자의 직장 동료로서 자주 한국 바비큐를 함께 즐기곤 했다. 그는 주저 없이 한국 바비큐가 자신의 마지막 식사라고 하면서 한국 바비큐의 매력을 한국 사람보다 더 느끼고 있다고 했다.

한국 바비큐의 매력은 그 특별한 맛과 다채로운 반찬에서 비롯된다. 그 맛은 오랜 역사와 전통에 뿌리를 두고 있다. 한국 바비큐의 유래는 한국인들이 고기를 구워 먹는 전통에서 시작되었다. 고기를 구워 먹는 문화는 한국의 농경 문화와 밀접한 관련이 있으며, 특히 축산업이 발달하면서 그 중요성이 더욱 부각되었다.

한국 바비큐는 고기를 불에 직접 구워서 즐기는 것이 특징이다. 주로 소고기, 돼지고기, 닭고기 등이 사용되며, 각각의 고기는 특별한 양념과 소스로 맛을 낸다. 이렇게 구운 고기는 부드럽고 질감이 좋으며, 특유의 훈연된 향이 입맛을 돋우어 준다. 그뿐만 아니라, 한국 바비큐는 풍부한 반찬과 함께 제공되어 더욱 맛있게 즐길 수 있다. 다양한 채소, 나물, 김치 등이 곁들여지며, 이들은 바비큐의 고기와 함께 어우러져 풍부한 맛을 선사한다. 특히, 다양한 소스와 함께 먹는 것이 한국 바비큐의 매력 중 하나로, 각자의 입맛에 맞게 조합하여 즐길 수 있다.

한편, 미국 얼바인에서는 한국식 고깃집인 '올댓 바비큐 (All That BBQ)' 식당을 운영하는 존(John) 씨가 성공적인 사업을 이끌고 있다. 그는 한국 바비큐에 대한 열정으로 한국으로 여행을 떠나 한국 고깃집에서 3년여간 경험을 쌓은 뒤, 미국에 돌아와 올댓 바비큐라는 이름으로 한국 바비큐 식당을 개업하여 성공하였다. 이제 그는 더 많은 사람들에게 한국 바비큐를 전파하기 위해 식당을 늘려가며 사세를 확장하고 있는데, 그의 꿈은 10개 이상의 식당을 운영하는 것이다. 존(John) 씨의 이야기는 한국 바비큐가 어떻게 미국에서도 사랑받고 성공적으로 운영될 수 있는지를 보여준다. 그의 노력과 열정은 한국 바비큐를 미국 사람들에게 소개하고 확산시키는 데 큰 역할을 하고 있다. 함께하는 음식을 통해 서로를 이해하고 친구가 되는 공간으로서, 한국 바비큐는 더 넓은 세계로 향하는 다리 역할을 하고 있다. 이 식당의 주소는 '15333 Culver Dr, Irvine, CA 92604'이다.

14

Chueotang

어머니의 정성이 담긴

추어탕

미국 IT기업에서 엔지니어로 일하고 있는 김성우 씨는 마지막 식사가 무엇인지 질문을 받자, 한국 고향의 어머니가 끓여 주셨던 추어탕이 먹고 싶다고 했다. 김성우 씨는 어머니의 정성과 사랑이 담긴 추어탕을 먹으면서 어린 시절의 행복한 순간들을 회상한다. 어머니가 직접 재래시장에 가서 미꾸라지를 사 오고, 튀김으로 만들어 자신에게 차려주는 모습은 그에게 큰 감동으로 남아 있다. 현재는 미국에서 추어탕을 찾는 것이 어려워서 자주 먹지는 못하지만, 가끔씩 어머니와의 소중한 순간을 회상하며 추어탕을 먹는다고 한다. 이렇듯 추어탕은 깊은 사랑과 정성이 담긴 음식으로서 김성우 씨와 그의 어머니 사이에 특별한 연결고리가 되어 있다.

추어탕은 한국의 전통적인 해물 요리 중 하나로, 그 유래는 수많은 어촌 지역에서 발전해 온 것으로 알려져 있다. 특히, 한국의 강과 호수에서 잡히는 미꾸라지를 중심으로 만들어진 이 음식은 그 특유의 깊은 맛과 향으로 사랑받고 있다. 미꾸라지는 산뜻한 맛과 함께 고단한 시기에 활력을 되찾아 주는데, 이를 활용하여 만든 추어탕은 특히 한국인들에게 친숙한 음식 중 하나이다.

추어탕은 단백질, 비타민, 칼슘 등의 무기질이 풍부해 원기 회복, 면역력 향상, 눈 건강, 성인병 예방, 뼈 건강에 도움이 된다. 또한 추어탕 특유의 얼큰한 국물은 피로 회복에 좋고, 여름에 지친 몸의 면역력 회복에도 효과적이다.

15

Pan Broiled
Octopus

매콤하게 빠져드는

낙지볶음

미국 대형 보험회사에 다니는 에디(Eddie) 씨는 한국에서 직장을 다닐 때 동료들과 퇴근 후 자주 먹었던 낙지볶음이 가장 생각나는 음식이라고 했다. 퇴근 후 낙지볶음에 사리를 비벼서 먹으면 그 맛이 일품이었다고 한다. 이에 곁들어서 두부 김치, 계란말이를 같이 먹으면 근무 중 생겼던 모든 스트레스를 떨쳐 버릴 수 있었다고 한다.

그는 낙지볶음이 동료들과 소주잔을 부딪치면서 식사와 안주가 같이 되는 추억이 깊은 음식이라고 했다. 낙지의 쫄깃함과 양념의 조화, 마지막 한 입까지 그의 입맛을 만족시키는 특별한 맛을 잊을 수 없다고 그는 힘주어 말했다. 또한, 낙지는 필수 아미노산이 풍부하게 포함되어 있어서 먹고 나면 원기가 회복된다고 했다.

미국에는 낙지볶음을 사 먹을 수 있는 곳이 적기에 그는 최근에 미국 코스트코(Costco)에서 절찬리에 판매되고 있는 낙지 볶음밥(Octopus Fried Rice)을 사서 집에서 자주 먹는다고 했다. 한국 업체가 납품한 이 제품은 풍부한 양념과 적절한 매운 맛으로 한 봉지에 300g이나 돼서 한 끼 식사로 충분한 데다가, 맛있게 맵고 불맛도 있어서 만족감이 높다고 했다.

16

Soybean
Paste Stew

진한 된장의 풍미

된장찌개

은퇴 후 소일거리로 우버(Uber) 운전을 하고 있는 찰스(Charels) 씨를 포함하여 많은 재미 교포들이 마지막 식사로 된장찌개를 선택했다. 찰스 씨는 한국에서의 직장 생활 동안 동료들과 함께 점심시간에 된장찌개를 자주 즐겼다고 한다. 미국에서 다양한 음식을 맛볼 수 있는 환경에서 속이 불편할 때마다 된장찌개를 먹으면 속이 편안해진다는 그의 말은, 이 음식이 그에게 얼마나 소중한 의미를 지니고 있는지를 보여준다.

된장찌개는 한국의 토속음식으로, 다양한 형태로 즐겨진다. 순수한 된장만을 사용하여 끓이기도 하고, 고추장이나 고춧가루를 첨가하여 매운맛을 즐기기도 한다. 봄에는 냉이나 달래를 넣어 상큼한 맛을 더하고, 겨울에는 시래기를 데쳐 넣어 고소한 맛을 낼 수 있다. 이러한 다채로운 재료와 양념의 조화는 그의 입맛을 사로잡기에 충분했다고 한다.

한국 음식의 한 종류인 된장찌개가 미국 내 한국 바비

큐 식당에서 인기가 높은 것은 이 음식이 발효된 된장을 사용하기 때문이다. 발효 된장 내에 함유된 유익균에는 장내의 유해한 균을 제거하고 소화를 돕는 효과가 있다고 한다. 따라서 된장찌개는 건강에도 이로운 음식으로 평가받고 있다.

이러한 맥락에서, 된장찌개는 한국의 전통적인 음식 중 하나로서 문화적으로도 중요한 위치를 차지하고 있다. 다양한 재료를 통해 맛을 조화롭게 만든 이 음식은 한국인 뿐만 아니라 미국에서도 많은 이들의 사랑을 받고 있다. 발효 과정을 통해서 된장이 가지고 있던 고소한 맛에 추가로 구수한 맛을 더한 된장찌개는 특히 한국인들이 가장 사랑하는 소울푸드(Soul Food)의 반열에 올라 있다.

17

Palace
Tteokbokki

생일날 제일 먹고 싶은
궁중떡볶이

방혜경 한국 전통 문양 작가는 어린 시절, 생일마다 어머니가 정성스럽게 준비해 주신 궁중떡볶이를 가장 사랑하는 음식으로 기억한다. 궁중떡볶이는 조선시대 궁중에서 먹던 요리로, 간장에 고기, 채소, 볶은 떡을 함께 끓여 먹는 전통적인 음식이다. 이 요리는 당시 임금님의 수라상에 올라가는 음식으로 유명했으며, 간장 양념에 버무려 먹는다는 점에서 '간장 떡볶이'로도 불린다.

방 작가는 어머님이 전해주신 궁중떡볶이 소스 레시피를 간장 1: 물 1: 설탕 0.5라고 내게 알려주었다. 하지만 현재 어머니가 병약해져 생일마다 궁중떡볶이를 함께 할 수 없게 되었다고 한다. 어머님을 무남독녀인 본인이 모시고 보살피고 있는 사정으로 인해 친구들과의 약속도 만들기 힘들어지고, 사회생활에 제약을 받지만, 방 작가는 어머니의 사랑과 희생을 절대 잊지 않는다고 했다.

그녀는 인터뷰를 마치고 집으로 돌아갈 때조차, 어머니에 대한 그리움과 감사함이 가득한 마음을 안고 있었다.

방 작가에게 궁중떡볶이는 단순히 음식에 머무르지 않고, 어머니와의 소중한 추억과 그에 대한 무한한 감사의 표현이 함께 담겨 있는 음식이다.

18

Army Stew

평택의 추억
부대찌개

부대찌개는 많은 교포분들에게 특별한 자리를 차지하고 있다. 그중에서도 목사님의 아들인 저스틴(Justin) 씨는 경기도 평택에서 태어나고 자란 경험 때문에 부대찌개를 더욱 좋아한다. 평택에는 미군 부대가 있어 부대찌개집이 많고 그 맛이 특별했다고 한다. 어릴 적 어머니가 자주 해주셨던 음식 중 가장 많이 먹었으며, 아플 때나 힘들 때 위로받았던 기억 때문에 현재도 부대찌개를 먹으면 그때의 따뜻한 기억이 그의 마음을 감싼다고 한다.

이 음식은 한국 전쟁 당시 미군 기지에서 군인들을 위해 만들어졌다. 소시지, 햄, 스팸, 콩나물, 양파, 청양고추 등 다양한 재료가 사용되며, 강한 매운 양념과 함께 끓여 내어 특유의 풍부한 맛과 향을 내뿜는다. 이러한 과정을 거치면서 부대찌개는 한국을 대표하는 음식 중 하나로 자리 잡았다. 다만, 저스틴 씨는 부대찌개의 원조는 의정부가 아닌 평택이라고 주장한다. 그는 평택의 부대찌개가 진정한 맛과 향을 갖추고 있다고 자부한다.

부대찌개는 서양의 햄과 소시지, 우리나라의 김치, 고추장, 된장이 만나 특유의 맛을 만들어낸 한국 최초의 퓨전 음식이라고 할 수 있다. 이 음식은 다양한 재료들의 조합으로 이루어져 있으며, 그중 하나로 '베이크드 빈스(Baked beans)'라는 콩 통조림이 특히 중요하다. 베이크드 빈스는 토마토소스와 설탕에 재운 강낭콩을 푹 삶아 만든 요리로, 그 부드럽고 달콤한 맛 덕분에 부대찌개에 넣으면 고기의 느끼한 맛을 잡아 주고 풍미를 높여 준다. 이렇게 부대찌개는 다양한 재료의 만남으로 맛있는 조합을 이루며, 많은 이들의 입맛을 사로잡는다.

19

Tangguk

세대를 잇는 맛

탕국

캘리포니아 세리토스(Cerritos)에 위치한 '실버레이크 라멘(Silver Lake Ramen)' 식당을 운영하는 조앤 강(Joan Khang) 씨는 마지막 식사에 대한 질문에 탕국을 언급하면서, 탕국을 먹으면 어린 시절 가족들과 함께한 따뜻하고 행복한 추억이 떠오른다고 했다. 엄마의 손맛이 담긴 탕국은 그녀에게 깊은 감칠맛뿐만 아니라 특별한 행복감을 선사했다고 그녀는 전했다. 탕국은 그녀에게 그 어떤 요리와도 비교할 수 없는 특별한 음식인 셈이다. 또한, 조앤 강 씨는 탕국을 떠올릴 때마다 가족들과 함께하는 북적이고 따뜻한 가족 모임, 엄마의 손맛이 그리워진다고 말했다. 그녀에게 탕국은 깊은 감칠맛뿐만 아니라 특별한 행복감을 선사해주는 음식이다.

조앤 씨는 탕국이 단순히 음식이 아니라 가족의 사랑과 추억이 담긴 음식이라고 덧붙였다. 그녀가 어렸을 적에는 설과 추석 차례상에 차례로 탕국을 내었는데, 차례상의 탕국은 붉은 팥, 마늘, 양파 등 향긋한 재료로 만들었다. 또한, 제사 탕국도 마찬가지로 가족들과의 소중한 시간을 기억하며 만든다고 말했다.

이어서 조앤 씨는 탕국의 종류에 대해 설명했다. 어탕은 어패류만을 사용해 만든 깊고 진한 맛이 특징인 반면, 육탕은 소고기의 풍미를 즐길 수 있고, 소탕은 부드러운 두부와 함께하는 건강한 옵션을 제공한다고 전했다.

마지막으로 조앤 씨는 탕국을 먹어 본 경험에 대해 이야기했다. 그녀는 아직까지 미국에서는 탕국을 파는 식당을 찾아보지 못했다고 밝혔다. 하지만 그녀는 집에서 직접 탕국을 요리하여 가족들과 함께 즐기고 있다고 덧붙였다.

20

Fermented Kimchi Stew with Pork

아내의 찐사랑

돼지고기 묵은지 김치찌개

벤처 기업을 운영하는 정헌표 씨는, 김장을 해오는 30년 동안 돼지고기 묵은지 김치찌개가 항상 그의 식탁을 채운 충실한 음식 중 하나로 자리매김했다고 말한다. 매년 새로운 김장을 하게 되면서 1년 묵은지, 2년 묵은지가 생겨났는데, 이 묵은지를 활용해 만드는 김치찌개는 그의 일상에 풍미를 불어넣는다. 이런 김치찌개는 30년이 지나도 그 맛에 변함없이, 한 그릇의 밥을 뚝딱 먹게 해주는 충분한 맛과 행복을 선사한다. 그는 아내가 만들어 주는 돼지고기 묵은지 김치찌개를 먹으며 마지막 식사를 하고 싶다며, 여기에는 인생이 담겨 있고, 아내의 사랑이 담겨있다고 말했다. 또 그는 덧붙이길, 이 요리를 맛있고 행복하게 먹으며 사랑하는 마음을 식탁 위에 두고 떠나가고 싶다고 말하면서 아내에 대한 고마움과 사랑을 표현했다.

정헌표 씨는 돼지고기 묵은지 김치찌개를 통해 건강과 맛의 이점을 누리고 있다. 그는 돼지고기 묵은지 김치찌개의 매력을 소개하며 말하길, 이 음식은 단백질과 비타민 B가 풍부한 돼지고기와 묵은지의 발효된 고유의 향과 맛이 뒤섞여 김치찌개의 풍부한 맛을 더욱 깊고 진하게 만들어 준다고 말했다. 특히, 이 음식은 소화를 촉진하고 장 건강에 도움을 주는 유산균이 풍부하여 건강에도 이로움을 가져다 준다고 강조했다.

묵은지란 1년 혹은 2년 이상 숙성시킨 김치를 말한다. 묵은지는 유산균 발효 활동으로 시간이 갈수록 산미가 급증한다. 또한 배추의 식이섬유, 젓갈의 단백질이 우리 몸이 흡수할 수 있는 최적의 상태로 변해 있다. 돼지고기는 묵은지와 찰떡궁합인데 서로의 단점을 보강하고 영향학적인 균형을 맞추어 주기 때문이다. 이 덕분에 돼지고기 묵은지 김치찌개는 미각을 총동원해서 즐길 수 있고 언제 먹어도 질리지 않는, 한국을 대표하는 음식으로 자리매김했다.

21

Beef Seaweed Soup

언제나 나를 행복하게 만드는
소고기 미역국

강신조 씨는 소고기 미역국을 마지막 식사로 선택하는 이유를 공유했다. 그는 한국 문화 속에서 미역국이 특별한 의미를 지니고 있다고 설명했다. 한국인들에게 미역국은 출산 후 산모가 먹는 미역국, 생일에 먹는 미역국, 또는 아침에 자주 끓여 먹는 미역국 등 다양한 상황에서 소중한 음식으로 여겨진다고 강조했다. 홍합 미역국 등 여러 종류의 미역국이 있지만 그는 소고기의 고소한 맛이 살아 있는 소고기 미역국을 제일 좋아한다고 했다. 특히, 자신의 생일에 소고기 미역국을 먹을 때마다 어머니의 희생과 사랑을 기억하며, 어머니에게 전화하여 경의와 감사의 마음을 전한다고 밝혔다.

미역국은 한국의 전통적인 음식 중 하나로, 그 유래는 고대부터 한국인들이 해수면에서 채취한 미역을 활용하여 만들었다고 전해진다. 미역은 건강에 이로운 다양한 영양소를 풍부하게 함유하고 있어서, 한국인들은 예로부터 미역을 요리에 활용하여 영양을 섭취해 왔다. 미역국은 주로 미역을 주 재료로 하고, 다양한 어종의 건어물이나 멸치 등을 함께 넣어 끓여 내는데, 각 지역마다 그 특색에 따라 다양한 종류가 있다. 미역국은 깊고 진한 국물과 신선한 해물의 향이 어우러져 풍부한 맛을 내며, 특히 춥고 건조한 계절에는 몸을 따뜻하게 해주는 영양 가득한 음식으로 사랑받고 있다.

또한, 강신조 씨는 유명 블로거로서 활동하고 있는데, 그의 블로그인 '토리 아빠의 지구촌 탐구 생활'에는 다양한 주제의 글이 담겨 있다. 그는 블로그를 통해 일상, 신앙, 경제 등 다양한 주제에 대해 꾸준히 글을 쓰며 많은 독자들의 사랑을 받고 있다. 그의 미역국 이야기 역시 그의 블로그에 자주 등장하여 많은 사람들의 공감과 관심을 끌고 있다.

그는 '보돌미역 서울 상왕십리점' 식당을 강력히 추천하면서 자신이 미역국을 자주 먹는 곳으로 이곳을 소개했다. 이 식당의 소고기 미역국은 강신조 씨에게는 소울푸드로, 언제나 행복감을 주는 곳으로 자리매김하고 있다고 전했다. 미역국을 진심으로 즐기는 고객으로서 그의 마음을 느낄 수 있다.

22

Egg Rice

간단하면서도 완벽한

계란밥

벤 문(Ben Moon) 씨는 미국으로 유학 와서 대학교 기숙사 생활을 할 때 한국에서 할머니가 해주시던 계란밥을 자주 해 먹었다고 한다. 가장 맛있고, 지금도 가장 해 먹기도 편하고 좋아하는 음식이기 때문에 마지막 식사에도 계란밥을 먹고 싶어 했다. 계란밥은 한국뿐만 아니라 다양한 아시아 국가에서도 즐겨 먹는 음식으로, 간단함과 맛있는 풍미로 많은 사람들이 일상적인 식사나 간식으로 즐기는 인기 요리 중 하나이다.

두 아이의 아버지가 된 벤 문 씨는 자신이 아닌 자녀를 위해 계란밥을 만들어 할머니가 해 주었던 추억을 자녀들에게 전달하고 있다. 가끔은 할머니 방식이 아니라 계란을 스크램블하여 볶은 후 채소나 고기, 해산물 등 다양한 재료와 함께 볶아 간장, 소금, 후추, 참기름 등을 이용하여 간을 조절하고, 김가루를 곁들여 아이들 입맛에 맞춘다고 한다. 필자도 아침에 시간이 별로 없고 특별한 반찬이 없으면 계란프라이 하나 해서 밥 위에 얹고 간장과 참기름을 두르고 비벼서 김치와 함께 뚝딱 먹고 출근하곤 한다.

23

Stir-fried Spicy
Pork & Bean
Sprout Soup

매운맛의 정석

제육볶음과 콩나물국

한국에서 유명 셰프의 길을 접고 미국으로 진출한 송경섭 씨는 '리브로 바비큐(Ribbro BBQ)' 식당을 운영하며 한국의 맛과 미국 전통 텍사스 바비큐를 접목시켜 인기를 끌고 있다. 그는 어머니가 자주 해주던 제육볶음과 콩나물국이 마음을 안정시켜주고 힘을 주는 음식이라며 이를 마지막 식사로 선택했다. 이제는 송 셰프가 만들 수 있는 음식이지만 대접하고 싶은 어머니가 없어 눈물이 난다고 했다.

스테이크 레스토랑을 오픈하기 위해 미국에 온 송경섭 씨는 여러 사정으로 인해 실패했고, 대신 리브로라는 곳을 오픈하게 되었다. 이 식당은 그의 어머니에 대한 감사의 마음을 가지고 이름을 지었다. 지금은 2호점까지 오픈하여 성공적으로 운영 중이다.

제육볶음은 한국의 전통 음식 중 하나로 돼지고기에 필수 영양소인 단백질이 있고, 또 야채에는 각종 미네랄과 칼륨 성분이 풍부하기 때문에 염분 배출에도 좋아 몸에도 좋고 영양도 풍부한 음식이다. 이 음식은 송경섭 셰프에게는 어머니의 사랑과 정성이 담겨 있어 그에게는 남다른 의미를 가지고 있다. 그는 어머니의 손맛을 기억하며 이를 마지막 식사로 선택하여 감사와 경의를 표현했다. 이 음식은 그에게만큼은 다양한 이야기와 추억이 담겨 있는 음식이다.

24

Kimchi

한국을 대표하는 발효음식

김치

본 책 내용 중 메밀 소바를 선택한 정수빈 씨를 미국으로 시집보낸 조미경 대표는 한국을 대표하는 이미지 컨설턴트로, 외모, 행동, 소통 등 다방면에서 유명 정치인과 기업인들을 대상으로 'PI(Personal Identity)'를 만들어 주는 일을 하고 있다. 또한, 각종 기업들의 신입 임원들을 대상으로 비즈니스 매너에 대한 교육을 담당하고 있다. 그녀가 좋아하는 음식은 김치와 관련된 모든 음식으로 김치볶음, 김치찌개, 김치전, 배추김치, 갓김치, 총각김치 그리고 백김치 등을 다 좋아한다고 한다. 그녀는 마지막 식사로 모든 종류의 김치를 차려 놓고 하나씩 음미하고 싶다고 했다.

김치는 한국의 대표적인 음식 중 하나로서 역사와 전통이 깊다. 김치는 한국인들의 일상 속에서 굉장히 중요한 위치를 차지한다. 김치는 과거 한국의 겨울철에 식량을 보존하기 위해 만들어진 음식 중 하나였지만, 현재는 건강상의 이점으로도 인기를 끌고 있다. 김치에는 유산균과 발효된 식품이 풍부하게 함유돼 있어 소화를 돕고 장 건강에 도움을 준다고 알려져 있다. 또한, 비타민과 미네랄이 풍부하여 영양가가 높고 면역력 강화에도 도움을 준다는 연구 결과도 있다.

　조미경 대표가 추천하는 '서초 김치찌개'는 김치찌개 한 가지에 목숨을 걸겠다는 독특한 문구로 유명한데, 이곳엔 '점심엔 밥도둑, 저녁엔 술 도둑'이라는 재미있는 슬로건이 걸려 있다. 이 식당은 김치찌개 단일 메뉴로 운영되며, 오이고추가 유일한 반찬으로 제공된다. 주소는 '서울 서초구 반포대로9길 75'이다. 이 식당은 오직 김치찌개만을 전문적으로 제공하기에 그 퀄리티와 맛에 있어서 많은 이들의 사랑을 받고 있다. 매콤하고 깊은 김치찌개의 맛을 경험하고 싶다면 이곳을 한번 방문해 보는 것도 좋을 것이다. 김치찌개는 한국인들의 마음속에 깊이 자리한 소중한 음식으로서, 맛뿐만 아니라 건강에도 좋다는 이유로 전 세계적으로도 인기를 끌고 있다. 김치의 다양한 종류와 그 맛을 느끼며, 한국의 문화와 전통을 경험할 수 있는 '서초 김치찌개'는 많은 이들에게 추천할 만한 식당이다.

25

Fried Spanish Mackerel with soy sauce

생선과 간장의 조화

튀긴 삼치 간장조림

그래픽 디자이너인 베키(Becky) 씨는 인터뷰에서 어릴 적 어머니가 정성껏 만들어 주시던 따뜻하고 맛있는 저녁 식사를 그리워하고 있다고 말했다. 튀긴 삼치 간장조림은 손이 많이 가는 음식으로, 위장 상태가 좋지 않았던 그녀에게는 가장 맛있었던 반찬 중 하나였다. 어머니가 피곤한 몸으로도 정성껏 요리하여 가족들에게 헌신했던 모습이 그녀의 마음속에 아직도 남아 있다고 그녀는 전해왔다. 그녀가 선택한 마지막 식사는 튀긴 삼치 간장조림이었다.

베키 씨는 어머니를 그리워하며 인터뷰를 진행했다. 어머니의 손맛이 그리울 때마다 직접 삼치를 사서 밀가루에 입혀서 튀긴 후, 맛간장, 생강 채, 파채 소스를 만들어 냄비에 10분 정도 졸여서 먹곤 했다고 한다. 그러나 어릴 적 먹었던 그 맛을 재현하기 어렵다고 한다. 2023년 12월에 득녀를 했는데, 그녀는 열심히 요리를 연습하여 자신의 딸에게도 같은 음식을 제공하고 싶다고 했다. 그녀의 마음은 어머니의 사랑과 헌신에 대한 감사와 애정으로 가득

차 있었다.

　삼치 간장조림은 한국의 전통적인 요리 중 하나로, 삼치를 튀겨 진한 간장과 함께 조리한 음식이다. 이 음식은 부드럽고 쫄깃한 삼치살과 함께, 간장 소스의 진한 맛이 어우러져 훌륭한 맛을 자랑한다. 또한, 삼치는 오메가3 지방산이 풍부하여 심혈관 건강을 촉진하고 뇌 기능을 개선하는 데 도움을 준다. 함께 사용되는 간장은 단백질과 아미노산이 풍부하여 체내에 필요한 영양소를 공급한다. 따라서 삼치 간장조림은 맛뿐만 아니라 건강에도 도움을 주는 영양 가득한 요리로 손꼽힌다.

26

Buckwheat
Noodles

담백하고 고소한 끝맛

메밀 막국수

IT업계에서 일하는 김현준 씨는 건강을 생각하며 메밀 막국수를 선택했다. 메밀국수에 들기름을 넉넉히 두르고 김가루와 함께 먹는 그 특유의 맛은 그에게 일품이라고 설명했다. 특히, 입맛이 없는 주말에는 아들 둘과 함께 이 음식을 즐기며 속이 편하고 행복한 시간을 보낼 수 있다고 말했다.

김현준 씨는 봉평 메밀국수를 직접 사서 끓여 찬물로 헹구어 면발을 탱글탱글하게 하여 넓은 볼에 담는다. 그런 후에는 쯔유 2스푼, 맛간장 1스푼, 약간의 간 마늘, 들기름 3스푼을 넣고 양념이 스며들도록 비닐장갑을 끼고 버무린다. 마지막으로 김가루와 깨소금을 뿌려 맛을 더한다. 그는 사 먹는 것보다 짭짜름한 감칠맛이 나는 들기름 막국수를 직접 해 먹는 것을 좋아한다고 했다.

메밀 막국수는 한국의 전통적인 음식 중 하나로, 얇게 채운 메밀가루를 끓는 물에 넣어 삶아내어 찬물에 헹궈 국수로 만든다. 이 음식은 상큼한 면발과 함께 짭짤한 간장 양념이 조화를 이루어 특유의 맛을 내며, 들기름이 고소한 풍미를 더해준다. 메밀은 고단백 저칼로리 식품으로서 영양가가 높고 소화에 도움을 주며, 들기름에는 지방산의 고혈압 예방과 항산화 작용 등의 건강에 도움이 되는 성분이 풍부하다. 이처럼 메밀 막국수는 맛뿐만 아니라 건강까지 챙길 수 있는 이색적인 한국의 음식 중 하나로 손꼽힌다.

27

Sliced Raw
Stingray
Muchim

새콤달콤한 바다의 신선함

가오리 회무침

대덕대학교에서 오랫동안 전산과 교수로 활약한 뒤, 현재는 건강식품 회사를 운영하고 있는 강종규 박사는 다채로운 음식을 즐기는데, 특히 상큼하고 신선한 맛이 일품인 가오리 회무침을 마지막으로 먹고 싶어 했다. 예전에는 홍어무침을 즐겨 먹었지만, 최근에는 저렴하면서도 훌륭한 식감을 자랑하는 가오리 회무침에 더 매료되었다고 한다.

강 박사는 가오리 회무침을 특별한 날이나 기념일에 가족이나 친구들과 함께 먹으면서 소중한 순간을 함께 나누는 음식으로 여기고 있다. 가오리에는 단백질, 비타민, 미네랄이 풍부하며 특히 오메가3 지방산이 풍부하여 심혈관 건강에 도움을 준다고 설명했다. 또한, 칼로리가 낮아 다이어트 식품으로도 손색이 없다고 강조했다. 강 박사는 충남 서산 시장에 위치한 '맛있게 먹는 날' 식당에서 먹은 가오리 회무침이 가장 맛있었다고 추천해 주었다.

가오리 회무침은 가오리를 신선하게 삶아서 양념을 더

한 음식이다. 일반적으로는 가오리를 삶은 후 찬물에 헹궈서 식힌다. 그 다음, 씹는 식감과 향을 더하기 위해 고추장, 고춧가루, 다진 마늘, 간장, 설탕, 식초 등을 넣어 양념을 만들어 준다. 이 양념에 가오리를 버무려 특유의 맛과 향을 살려내면, 매콤하고 짭짤한 맛을 느낄 수 있다. 특히, '맛있게 먹는 날'에서는 신선한 가오리를 사용하여 정성스럽게 조리한 후에 이를 정갈하게 차려 내는데, 그 퀄리티와 맛이 돋보인다고 한다. 이처럼 가오리 회무침은 건강하면서도 풍부한 맛을 선사하여 많은 이들의 사랑을 받고 있다.

28

Nurungji

아버지가 양보하신

누룽지

조지아주 한인 회계사 협회 회장을 역임한 이상엽 대표는 누룽지를 마지막 식사로 선택했다. 어린 시절 온 가족 중에서 이상엽 대표만 누룽지를 먹었는데, 어머니, 아버지도 좋아하셨지만 자신에게 누룽지를 항상 양보해 주었다고 한다. 이상엽 대표가 그걸 깨달은 것은 성인이 되고 나서였다. 또한, 그는 어린 시절에 누룽지를 튀겨서 설탕을 뿌려 먹으면 그 맛이 최고의 간식이었다고 했다.

그에게 누룽지는 지금도 밥맛이 없거나 피곤할 때 자주 즐겨 먹는 음식이다. 특히, 누룽지 죽은 소화가 잘 되고 영양가가 높아 체력을 빨리 회복할 수 있게 도와준다고 한다. 또한, 이상엽 대표는 누룽지를 먹을 때마다 부모님의 사랑이 떠올라 아내에게 가장 많이 만들어 달라고 요청하는 음식이라고 한다.

누룽지의 유래는 근원적으로 밝혀진 것은 없지만, 한국의 역사적인 문헌에는 이미 예전부터 누룽지에 대한 기록이 있어, 한국의 전통적인 음식 중 하나로 자리 잡고 있다. 누룽지는 쌀을 이용하여 만들기 때문에 쌀의 영양소를 그대로 포함하고 있어서 체력 회복에 도움을 주는 것으로 알려져 있다. 특히, 소화에 좋고 영양가가 높아서 고령자나 어린이에게 좋은 음식으로 손꼽힌다. 또한, 누룽지는 다양한 조리법으로 즐길 수 있어서 한국인들에게 사랑받고 있으며, 특히 추운 겨울철에는 따뜻한 누룽지 죽을 먹으면 식욕을 돋우고 체온을 유지하는 데에도 도움이 된다. 이처럼 누룽지는 그만의 매력과 특별한 의미를 지니고 있다.

29

Beef and Mushroom Shabu Kalguksu

건강한 맛 잔치

버섯 소고기 샤브 칼국수

조외숙 씨는 60대 초반으로, 신선한 야채와 소고기 샤브, 그리고 칼칼한 국물의 맛이 일품인 버섯 소고기 샤브 칼국수를 마지막 식사로 선택했다. 버섯 소고기 샤브 칼국수는 칼국수를 겉절이와 함께 먹을 수 있는데, 쌀쌀한 날씨에 더없이 좋은 메뉴라고 그녀는 말한다. 칼국수를 먹은 후에도 국물에 볶음밥까지 먹을 수 있어서 그녀에게는 평소에도 가장 사랑하는 음식이다.

이 요리는 소고기의 고소한 맛과 신선한 야채, 특히 버섯의 풍미가 잘 어우러져 있어서 맛이 풍부하고 영양도 풍부하다. 또한, 국물이 푸짐하고 감칠맛이 있어서 한 그릇으로 여러 가지 맛을 한꺼번에 즐길 수 있는 재미가 있는 음식이다. 조외숙 씨가 가장 맛있게 버섯 소고기 샤브 칼국수를 먹었던 곳은 '서울시 서대문구 모래내로 273'에 위치한 '등촌 샤브칼국수 명지대점'이라고 한다.

누구나 알다시피, 소고기는 단백질, 철분, 아연 등의 영양소가 풍부하여 건강에 매우 좋다. 특히, 소고기는 우리

몸의 근육을 형성하는 데 필요한 단백질을 공급하고, 철분은 혈액의 산소 운반에 중요한 역할을 하며, 아연은 면역력을 강화하고 상처 치유를 돕는 데 도움을 준다. 또한, 신선한 야채와 버섯은 다양한 비타민과 미네랄을 함유하고 있어서 영양을 보충하고 면역력을 강화하는 데 도움이 된다. 이처럼 소고기 샤브 칼국수는 맛뿐만 아니라 영양 면에서도 좋은 요리로 손꼽힌다.

30

Pork Belly
BBQ

속이 허전할 때 제일 생각나는

삼겹살 구이

미국 공인회계사인 한아름 대표는 삼겹살을 굉장히 좋아하는데, 다이어트를 고려해 매번 먹지는 못한다고 한다. 하지만, 다이어트를 고려하지 않는 마지막 식사에서는 삼겹살을 맛있게 먹고 싶다고 했다. 한아름 씨는 대학 시절 동아리 친구들과 함께 냉동 삼겹살을 구워 밤새 즐겁게 먹었던 추억을 회상하며, 그때의 행복한 시간을 그리워했다.

한국인들 사이에서 가장 인기 있는 돼지고기 부위는 단연 삼겹살이다. 비록 지방 함유량과 칼로리가 높지만, 그 진한 풍미와 고소한 맛으로 한국인들에게 삼겹살은 최고의 회식 메뉴로 자리매김했다. 많은 한국 교포들도 삼겹살을 마지막 식사로 선택했다. 한아름 대표가 가장 좋아하는 삼겹살은 제주 흑돈으로, 그 특유의 기름기와 육즙이 풍부하여 고소하고 진한 맛을 즐길 수 있다. 특히 끓인 멸치젓에 찍어 먹는 맛이 일품이라고 한다. 그녀는 강남구 봉은사 사거리에 위치한 '흑돈가'를 추천했다.

삼겹살은 고기 자체의 풍미와 함께 기름기가 적당히 도는 부위로, 씹는 즐거움과 함께 고소한 맛을 선사한다. 특히 구워낸 고기의 바삭한 표면과 쫄깃한 식감은 한국인들의 입맛에 맞춰져 있어서 많은 사람들이 즐겨 찾는 음식 중 하나이다. 삼겹살은 먹는 방법이 다양하고, 여러 음식과 조화를 이루기에 다양한 즐길 거리를 제공한다. 대표적으로는 상추나 깻잎에 싸 먹는 쌈이 있는데, 고추장이나 마늘 등과 함께 싸 먹을 수 있으며, 그 외에도 여러 음식과 함께 먹을 수 있다. 이러한 다양한 조합은 한국인들의 입맛과 식문화에 잘 어울리며, 삼겹살의 인기를 더욱 끌어올리는 요소가 되고 있다.

또한, 삼겹살은 한국에서 가족이나 친구들과 함께 모여서 즐기는 음식 중 하나이다. 한국에선 삼겹살을 먹으면서 함께 음주를 즐기는 경우가 많은데, 이러한 모임은 사회적인 연대감을 형성하고 소통을 촉진하는 역할을 한다.

31

Red Bean
Porridge &
Potato Pancake

한국의 따뜻한 간식
팥죽과 감자전

미국에서 물류 회사를 경영하는 리처드 김(Richard Kim) 씨는 새해 동짓날에 즐겨 먹었던 팥죽을 마지막으로 음미하고 싶어 했다. 그의 어머니는 팥죽과 더불어 두툼한 감자전을 항상 같이 준비해 주셨는데, 그래서 팥죽을 먹을 때는 항상 감자전이 떠오른다고 한다. 리처드 씨는 미국에 사는데도 새해 액운을 물리치는 음식으로 동짓날에는 팥죽을 준비하여 가족들과 함께 나누고 있는데, 이는 어릴 적의 기억과 문화적 전통을 지키고자 하는 그의 마음에서 비롯됐다고 한다.

팥죽은 한국의 전통적인 음식으로, 그 특유한 풍미와 고소한 맛, 부드러운 식감으로 사랑받고 있다. 특히 팥의 진한 향과 찹쌀가루를 이용한 새알 옹심이가 조화를 이루어 훌륭한 맛을 만들어낸다. 이렇게 부드럽고 고소한 맛은 한국인들의 입맛을 사로잡았고, 덕분에 오랫동안 한국인들이 즐기는 음식 중 하나이다.

팥죽은 건강에도 좋은 식품으로 알려져 있다. 팥에 함

유된 풍부한 칼륨은 나트륨 배출을 촉진하고 부기를 줄여 혈압을 안정시키는 데 도움을 준다. 또한, 팥은 식이섬유가 풍부하여 소화에도 도움이 되고, 단백질과 미네랄을 풍부하게 함유하고 있어 영양가가 높다. 이러한 이유로 리처드 씨는 건강을 생각하면서도 어머니의 정성을 느낄 수 있는 팥죽을 마지막 식사로 선택했다.

32

Seafood
Jjamppong

해산물과 면의 향연

해물 짬뽕

새라(Sarah) 씨는 어린 시절, 해안가 도시인 부산에서 태어나 다양한 맛과 향기를 즐겼다고 한다. 그러던 중, 고등학교 시절에 가족을 따라 미국으로 이민을 오게 되었다. 새로운 땅에서 그녀는 미술에 대한 열정을 살려 미술을 전공한 후, 성공적인 진로를 걷게 되었다. 현재 그녀는 미국 보험 업계에서 서부 지역을 총괄하는 사장으로서, 오백 명 이상의 에이전트를 관리하고 있다.

얼마 전, 그녀에게 마지막 식사에 대한 질문을 했다. 그녀는 주저함 없이 웃으면서, 부산의 바닷바람과 사랑으로 가득한 추억이 묻어나는 맛난 해물이 가득한 짬뽕을 선택했다. 그 이유는 어릴 적, 신선한 해산물과 면 요리의 매력에 빠졌던 부산에서 품은 기억 때문이었다.

새라 씨는 지금도 두 딸과 함께 자주 짬뽕 식사를 즐긴다고 했다. 가족과 함께 나누는 이 특별한 음식은 그녀에게 부모님과 자녀 간 있었던 소중한 추억을 떠올리게 하는 것 같다. 그녀는 "짬뽕은 맛뿐만 아니라 가족과의 소중한 시간까지 담아낸 특별한 음식이에요. 나의 고향 부산에서 시작된 이야기가, 먹는 음식 하나에 이렇게 아름답게 이어져 가다니 정말 행복해요."라고 말했다.

해물 짬뽕은 중국의 짬뽕에서 영향을 받아 발전한 한국의 대표적인 중화요리 중 하나이다. 해물 짬뽕은 짭짤하고 매콤한 육수에 다양한 해산물과 채소를 넣어 조리하는데, 새우, 오징어, 홍합, 문어 등의 해산물이 풍부한 맛을 내뿜는다. 면발은 탱글탱글하고 쫄깃하게 삶아내어 육수와 어우러져 더욱 맛있는 한 그릇을 완성한다.

해물 짬뽕은 다양한 해산물을 사용하기 때문에 단백질과 다양한 영양소를 풍부하게 섭취할 수 있는데, 특히 해산물에 함유된 오메가3 지방산은 심혈관 건강에 도움을 주며, 다양한 미네랄과 비타민을 공급하여 영양을 보충해 준다. 또한, 해물 짬뽕에는 여러 가지 채소가 들어가기 때문에 식이섬유를 풍부하게 섭취할 수 있어 소화에도 도움을 준다.

33

Bread &
Wine

신의 음식

빵과 포도주

캘리포니아에서 치과 의사로 활동 중인 에드워드 서 (Edward Suh) 씨는 최후의 식사로 빵과 포도주를 선택했다.

그는 말하길, "성경에 나온 최후의 만찬에서 빵과 포도주는 그리스도의 몸과 피를 상징하는데, 그리스도께서는 자신의 죽음을 기념하여 빵과 포도주를 먹을 것을 말씀하셨다. 마지막 식사로 좋아하는 음식을 먹는다면 분명 미각을 즐겁게 하고 육체를 만족시킬 것이다. 하지만 인생의 마지막 식사라는 중요한 순간에 나는 미각을 즐겁게 하고 육체를 만족게 하기보다는, 빵과 포도주를 통해 성령과 교제하기를 원한다. 이는 그리스도인으로서 매우 자연스러운 일이다."라고 강조했다.

기독교 신약 성서에 따르면, 예수 그리스도는 수난을 당하기 전날 밤, 유월절에 열두 제자들과 함께 최후의 만찬을 가지셨다. 예수님은 빵과 포도주를 들어서 각각 이를 '자신의 몸'과 '자신의 피'라고 말하며 제자들에게 나누어 주셨고, '나를 기억하여 이 예를 행하라.'는 명령을 내렸다. 최후의 만찬은 매우 중요한 사건으로, 예수님의 죽음은 구약의 본래 유월절 제사가 완성되었다는 것을 상징하며, 그분의 사망은 모든 이들의 죄를 대속해 주는 의미를 갖고 있다.

빵과 포도주는 다양한 종류와 풍미를 갖고 있다. 빵은 크기, 모양, 재료에 따라 다양한 종류가 있으며, 식빵, 밀가루 빵, 곡물빵 등이 있다. 포도주는 품종, 향, 맛 등에 따라 다양한 종류가 있는데, 크게는 레드 와인, 화이트 와인, 로제 와인 등으로 나눌 수 있다. 대체로 빵의 특징이라 하면 부드럽고 겉은 바삭한 식감을 가지고 있는 경우가 많으며, 포도주의 경우에는 달콤하면서도 산미가 적절하고 깊은 향을 가지고 있는 경우가 많다.

빵과 포도주는 건강에도 도움을 줄 수 있는데, 빵은 탄수화물과 식이섬유를 풍부하게 함유하고 있어 소화를 돕고, 에너지를 공급해 준다. 포도주에 함유된 폴리페놀은 항산화 작용을 하여 심혈관 질환 예방에 도움을 줄 수 있고, 적당한 양의 섭취는 혈액순환을 도와주어 심장 건강에 이로울 수 있다.

34

Jalapeño
Pasta

감칠맛의 최고봉

할라피뇨 파스타

요리사인 40대 재미 교포 조성철 씨는 할라피뇨의 시큼한 맛이 일품인 할라피뇨 파스타를 마지막 식사로 뽑았다. 프라이팬에 올리브오일을 넣고 슬라이스한 마늘 세 개를 익혀 갈릭 오일을 만든다. 이후, 채 썬 양파와 할라피뇨를 넣고 볶다가 작은 새우 한 주먹만큼, 마늘종 혹은 브로콜리 그리고 삶은 파스타 면을 넣는다. 소금 반 스푼, 혼다시 반 스푼으로 간을 맞추고 잘 섞으면 먹기만 해도 땀이 나는 할라피뇨 파스타가 완성된다.

　할라피뇨 파스타는 조성철 씨가 직접 개발한 요리로, 어떤 음식점에서도 사 먹을 수 없는 특별한 메뉴이다. 이탈리아의 올리브오일 파스타와 멕시코의 풍부한 향과 맛이 느껴지는 할라피뇨가 만나 탄생한 퓨전 요리이다. 마늘, 양파, 할라피뇨, 브로콜리, 새우의 감칠맛이 조화롭게 어우러져 파스타의 풍미를 한층 더 풍부하게 만들어준다.

　할라피뇨에는 캡사이신이 풍부하게 함유돼 있어 신체의 신진대사를 촉진시키고 혈액 순환을 돕는다. 또한, 캡

사이신은 신경통을 완화하고 항염 작용을 가지고 있어 건강에 이로울 뿐만 아니라 식욕 억제에도 도움을 줄 수 있다. 이처럼 할라피뇨 파스타는 맛뿐만 아니라 건강에도 도움을 줄 수 있는 훌륭한 요리이다.

35

Türkiye Coffee

동굴 커피

튀르키예 커피

승무원 출신인 김주희 씨는 마지막 식사에 대한 질문에 대해 말하길, "저는 커피를 선택합니다. 커피를 생각할 때, 저에게는 커피에 얽힌 수많은 인생 모멘트가 떠오릅니다. 둘째 출산 후, 커피와 케이크를 먹고 행복했던 순간. 승무원 시절, 비행기에서 잠을 떨쳐내려 마신 수많은 커피. 특히 기억에 남는 커피는 옛 터키, 현 튀르키예에서 먹었던 동굴 커피와 이탈리아 카푸치노 그리고 프랑스 에스프레소 커피."라고 말하면서 특히, 튀르키예 카파도키아의 동굴 호텔에서 튀르키예식 커피를 마시며 일몰을 감상하는 것을 추천해 주었다.

튀르키예 커피가 다른 종류의 커피와 구별되는 가장 중요한 특징은 그라인딩의 섬세함이다. 튀르키예 커피는 커피 원두를 가루로 빻은 다음 끓는 물에 천천히 브루잉(Brewing: 뜨거운 물에 커피의 맛과 향을 잘 우려내는 것)한 후 제공된다. 이 방법을 사용하면 분말 층이 컵 바닥으로 가라앉게 되는데 이 일관적인 브루잉 방법은 타 유형의 커피 음료와 차별화되는 튀르키예 커피만의 특별한 요소 중 하나이다. 유럽식 커피와 달리 튀르키예식 커피 내리는 방식은 수 세기 동안 동일하게 유지되어 왔다.

튀르키예 커피의 또 다른 독특한 구성 요소는 프레젠테이션이다. 튀르키예식 커피는 작은 컵에 물 한 잔과 로쿰과 함께 제공된다. 물은 미각을 깨워 커피의 진한 풍미를 더욱 강조하며 젤리 형태 간식인 로쿰은 진한 튀르키예 커피를 마신 뒤 달콤하게 입안을 마무리한다.

튀르키예 커피는 카페인 함량이 높아 뇌 기능을 촉진하고 몸의 에너지 수준을 높여주어 일시적인 기억력 향상에 도움을 줄 수 있다. 또한, 커피에 함유된 카페인은 신진대사를 촉진하여 체중 감량에 도움을 줄 수도 있다. 그러나 과도한 카페인 섭취는 수면에 영향을 줄 수 있으므로 적당량을 섭취하는 것이 좋다.

Part 2

특별한 순간, 행복한 기억

- 미국, 남미, 유럽, 아프리카 커뮤니티

"새로운 요리의 발견이 새로운 별의 발견보다
인간을 더욱 행복하게 만든다."

브리야 사바랭(Brillat-Savarin)

36

Beef
Wellington

소고기와 페이스트리

비프 웰링턴

20대 초반의 파파이스 치킨 레스토랑에서 일하는 베로니카(Veronica) 씨는 프랑스 여성이다. 그녀가 선택한 라스트 밀은 비프 웰링턴이다. 비프 웰링턴은 크리스마스 때 영국 가정에서 많이 만들어 먹는 음식인데 영국 출신이 아닌 젊은 프랑스 여성이 이 음식을 선택한 것에 대해 필자는 많이 놀랐다. 게다가 또 특이한 점은 자신은 비프 웰링턴에서 사용하는 소고기를 일본 고베 소고기로 하고 있다는 점이었다. 베로니카 씨는 라스트 밀에는 음식 모양이 고급스럽고 맛도 일품인 비프 웰링턴이 제일 어울리는 음식이라고 강조했다.

비프 웰링턴은 영국의 유명한 지휘관인 웰링턴(Wellington) 공작이 워털루 전투에서 프랑스의 나폴레옹 군대를 격파한 것을 기념하기 위해 만들었다는 기원이 있는 음식이다. 비프 웰링턴은 런던의 스타킹스 호텔에서 처음으로 제공되었다. 비프 웰링턴은 소 안심을 버터의 풍미가 가득한 페이스트리로 감싸고 그 사이에 버섯 페이스트인 '듁셀(Duxelles)'과 이탈리아 돼지 뒷다리를 염장해서 자연 건

조 숙성 시킨 햄인 '프로슈토(Prosciutto)'를 채워 넣고 오
븐에 굽는 요리다. 비프 웰링턴은 준비가 다소 복잡하고
시간이 오래 걸리는 편이기 때문에 특별한 날이나 특별한
대접이 필요한 경우에 만들어 먹는 음식이다.

　비프 웰링턴은 고단백, 고지방의 소고기와 함께 풍부한
탄수화물인 페이스트리가 함께 어우러져 있어 영양 성분
이 균형 있게 포함되어 있다. 소고기는 철분, 아연, 단백
질 등을 풍부하게 함유하고 있어 혈액 순환에 도움을 주
며, 페이스트리의 탄수화물은 에너지를 공급하여 신체 활
동에 도움을 준다. 하지만 소고기와 페이스트리의 지방
함량이 높기 때문에 적당량으로 섭취하는 것이 좋다.

37

Fish and Chips

영국의 대표 음식
피시 앤 칩스

영국계 미국인 로버트(Robert) 씨는 영국을 대표하는 피시 앤 칩스를 마지막 식사로 선택했다. 피시 앤 칩스는 속은 폭신하고 겉은 바삭한 감자칩과 육즙이 풍부하고 바삭한 튀김옷을 입힌 생선(보통 대구)의 환상적인 조합으로 이뤄지는데, 이 음식은 로버트 씨가 어렸을 때 부모님과 가장 많이 먹은 음식이라고 한다. 그는 피시 앤 칩스를 먹을 때 소금과 식초는 필수이며, 타르타르 소스에 생선튀김을 찍어 먹어야 된다고 팁을 주었다.

　피시 앤 칩스는 영국의 대표적인 길거리 음식 중 하나로, 그 유래는 영국의 어촌 지역에서 시작되었다. 19세기 중반부터 영국 어촌 지역에서 어부들이 튀긴 생선을 소금과 식초에 찍어 먹는 요리로 피시 앤 칩스가 시작됐고 이후 간단한 피시 앤 칩스 가게들이 생겨나게 되면서 이 음식은 영국 전역에서 사랑받게 되었다. 이 음식은 전통적으로 신문지에 싸여 제공되었는데, 덕분에 외출하는 사람들이 거리에서 먹기 편리했던 것으로 유명하다.

미국에서 피시 앤 칩스는 매우 높은 인기를 누리고 있다. 이 요리는 다양한 지역에서 찾아볼 수 있으며, 특히 해안가나 도시의 수많은 음식점에서 판매된다. 바삭하고 고소한 맛이 미국인들에게 매력적이며 종종 식사로 즐기거나 간식으로 간편하게 즐길 수 있는 맛있는 선택이 된다. 주로 맥주와 함께 먹는다.

38

Pesto Pasta

이탈리아의 여유

페스토 파스타

파비오(Pabio) 씨는 삶의 마지막 순간을 페스토 파스타와 함께 즐길 것이라 말했다. 그는 항상 특별한 순간에 특별한 음식을 즐기는 것을 좋아한다고 했다. 페스토 파스타는 그에게 항상 감동과 만족을 주었다고 한다. 또한, 신선한 바질과 마늘, 파마산 치즈, 호두, 올리브오일 등이 어우러져 풍부한 향과 맛을 자아내며, 그 특유의 녹색 색감은 마치 삶의 다채로움을 상징하는 것 같다고 했다.

페스토(Pesto)는 바질을 빻아 올리브오일, 치즈, 잣 등과 함께 갈아 만든 이탈리아 소스이다. 특히 제노바(Genoa) 지방은 바질이 풍부하게 자라는 지역으로, 이 지역에서 만들어지는 바질 페스토가 유명하다. 이러한 페스토를 파스타에 사용한 것이 페스토 파스타의 시초가 되었다.

페스토 파스타는 가벼우면서도 풍부한 맛을 자랑한다. 바질의 상큼한 향과 올리브오일의 고소함, 파마산 치즈의 진한 맛이 어우러져 풍성한 맛을 낸다. 또한, 잣이나 호두 등 견과류가 들어가 훌륭한 텍스처와 풍미를 더해준다.

페스토 파스타는 바질의 영양소를 풍부하게 함유하고 있어 건강에도 도움을 준다. 바질에는 항산화제와 항염 작용을 돕는 항균 성분이 풍부하게 함유되어 있어 면역력 강화와 염증을 줄이는 데 도움이 된다. 또한 올리브오일에는 지방산과 비타민 E가 풍부하여 심혈관 건강에 도움을 주고, 파마산 치즈에는 칼슘과 단백질이 풍부하여 뼈 건강과 근육 형성에 도움이 된다.

39

Paella

스페인의 태양을 담은

빠에야

미국 모기지 회사에 다니는 에마뉘엘 이바네스(Emma-
nuel Ibanez) 씨는 빠에야(Paella)를 마지막으로 먹고 싶
어 했다. 빠에야는 스페인의 대표적인 전통 요리 중 하나
로, 현재는 전 세계적으로 인기 있는 요리로 자리 잡았다.
빠에야의 주된 재료로는 새우, 조개, 오징어 등 해산물과
각종 채소, 쌀이 사용된다. 에마뉘엘 씨는 '카페 세비야
(Café Sevilla)' 식당을 추천하였다. 주소는 '1870 Harbor
Blvd, Costa Mesa, CA 92627'이다. 그는 바텐더 출신으
로 음식 못지않게 식당 분위기를 매우 중요하게 생각한다
고 한다. 이 식당은 라이브 뮤직과 맛있는 음식 그리고 세
련된 서비스가 있어 강력하게 추천할 수 있다며, 그는 필
자에게 꼭 식당에 가볼 것을 권했다.

　빠에야는 스페인 발렌시아 지방의 전통 요리로, 다양
한 해산물과 채소를 사용해 만든 해산물 볶음밥이다. 주
로 새우, 조개, 오징어를 사용하며, 파프리카, 올리브오
일, 살사 등으로 풍미를 더한다. 쌀의 풍미와 해산물의 감
칠맛이 어우러져 풍성한 맛을 자아낸다. 빠에야는 크기와

종류에 따라 다양한 변형이 있으며, 스페인 전역에서 많이 즐기고 있다.

빠에야는 해산물의 단백질과 채소의 영양소를 풍부하게 함유하고 있어 건강에도 도움이 된다. 해산물은 우리 몸에 필요한 단백질과 오메가3 지방산을 공급하고, 채소는 비타민과 식이섬유를 풍부하게 함유하고 있다. 또한 쌀은 탄수화물과 식이섬유를 함유하고 있어 에너지를 공급하고 소화를 돕는다.

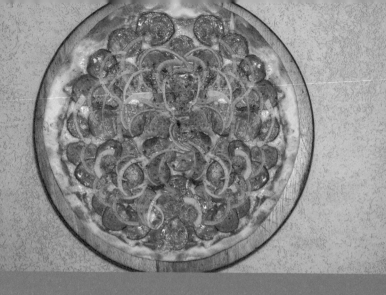

40

Peperoni
Pizza

입안 가득 퍼지는 열정의 맛

페퍼로니 피자

캘리포니아 부에나 파크(Buena Park) 소스 몰에 있는 키즈플레이 그라운드(Kids Play Ground)에서 일하는 재스민 (Jasmin) 씨는 언제나 무엇을 먹을까 친구들이 물어보면, 자동적으로 페퍼로니 피자를 말하였다고 한다. 그녀에게 마지막 음식을 물어보니, 그녀는 주저 없이 페퍼로니 피자를 요구할 것이라고 하면서 웃었다.

페퍼로니 피자는 현재 세계적으로 가장 인기 있는 피자 중 하나로, 페퍼로니(프랑크푸르트 소시지)를 토핑으로 올린 피자를 의미한다. 페퍼로니 피자는 이탈리아의 나폴리(Naples)에서 시작되었다. 처음에는 단순한 토마토소스와 모차렐라 치즈로 만들어진 피자였지만, 이후 나폴리 이민자들이 미국으로 이주하면서 페퍼로니가 추가되었다. 페퍼로니 피자는 다른 피자에 비해 간단하지만 고소한 모차렐라 치즈와 페퍼로니의 진한 풍미가 잘 어우러져 고소하고 토마토소스의 상큼한 맛이 피자 전체에 활력을 주고 있어 특히 미국에서 널리 사랑받고 있다.

페퍼로니 피자는 비교적 단순한 재료로 만들어지지만,

그 안에는 다양한 영양소가 함유되어 있다. 모차렐라 치즈는 단백질과 칼슘을 풍부하게 함유하고 있으며, 페퍼로니에는 단백질과 철분이 풍부하다. 토마토소스에는 비타민 C와 카로틴이 풍부하며, 피자의 도우에는 탄수화물이 함유되어 에너지를 공급한다. 하지만 칼로리와 나트륨 함량이 높을 수 있으므로 적당량을 섭취하는 것이 좋다.

41

Onion
Soup

프랑스인이 사랑하는
양파 수프

캘리포니아에 거주하는 프랑스인 제롬(Jerom) 씨는 자신의 소울푸드라며 라스트 밀로 양파 수프를 선택했다. 진한 소고기 육수에 캐러멜라이즈한 양파를 넣고 끓인 후, 그뤼에르 치즈와 바게트 조각을 넣어서 완성하는 양파 수프는 모든 프랑스인들이 사랑하는 음식이다. 프랑스에서 양파 수프는 감기에 걸리거나 몸이 안 좋을 때 먹는 음식으로 자리 잡고 있다고 제롬 씨는 설명했다.

 제롬 씨가 추천하는 식당은 '1000 Bristol St. Newport Beach, CA 92660'에 위치한 '물랭(Moulin)'이다. 이 식당은 전형적인 프랑스 식당을 미국에 옮겨온 듯한 착각이 들 정도로 프랑스 정서가 물씬 풍기는 정통 프랑스 식당으로, 이곳에서 제대로 된 프랑스 양파 수프를 즐길 수 있다고 한다.

 프랑스 양파 수프는 양파 이외에도 버터와 화이트 와인이 특유의 풍미를 더해준다. 버터는 수프에 부드러움과 깊은 맛을 더하고, 화이트 와인은 풍부한 향을 제공하여 수프를 더욱 풍부하고 풍성하게 만든다. 전반적으로, 프랑스 양파 수프는 부드럽고 진한 맛으로 프랑스 요리의 대표적인 메뉴 중 하나로 평가받고 있다. 이 요리는 프랑스뿐만 아니라 전 세계적으로 많은 사람들에게 사랑받고 있으며, 필자 역시 프랑스 체류 시절 하숙집 할머니가 이 양파 수프를 자주 끓여 주어서 그 맛에 대한 기억이 여전히 생생하다.

양파는 식이섬유와 항산화 물질을 풍부하게 함유하고 있어 소화를 촉진하고 면역력을 강화하는 데 도움을 준다. 또한, 양파에 함유된 알리신은 혈압을 조절하고 혈액 흐름을 개선하여 심장 건강에 이로울 뿐만 아니라, 칼슘, 칼륨, 마그네슘 등의 미네랄도 풍부하게 함유되어 있어 뼈 건강에도 도움을 준다. 따라서 양파 수프는 맛뿐만 아니라 건강에도 도움이 되는 영양 가득한 음식이다.

42

Couscous

톡톡 씹히는 구슬

쿠스쿠스

20대 초반의 여대생인 새라(Sara) 씨는 아버지의 고향인 알제리에서 유래된 쿠스쿠스를 마지막 식사로 선택했다. 쿠스쿠스는 알제리, 모로코, 튀니지, 그리고 모리타니아와 같은 북아프리카 지역에서 유네스코에 의해 2019년 세계 문화유산으로 지정된 고유한 음식이다. 밀을 갈아 만든 노란색의 세몰리나를 둥글게 모양을 만들어 스팀으로 익힌 것으로, 찐 쌀과 비슷한 모양을 가지고 있다.

　　쿠스쿠스의 유래는 11세기나 12세기경에 북아프리카의 베르베르인들에 의해 시작되었다고 여겨진다. 이 음식은 북아프리카와 중동 지역에서 다양한 형태와 이름으로 사랑받고 있으며 건강에 이로운 음식으로 알려져 있다. 모로코, 알제리, 튀니지, 그리고 프랑스에서는 주로 양고기나 닭고기 스튜와 함께 먹는 것으로 알려져 있으며, 이집트에서는 '세파(Seffa)'라는 이름으로 쿠스쿠스를 디저트로 즐기는 경우가 많다.

　　쿠스쿠스는 건강에 매우 이로운 음식으로 알려져 있다.

먼저, 쿠스쿠스는 밀가루로 만들어진 전통적인 빵이나 면보다도 낮은 지방 함유량을 가지고 있어 다이어트나 건강한 식습관을 유지하는 데 도움이 된다. 또한 쿠스쿠스는 고단백, 고섬유질 식품으로 단백질과 식이섬유를 풍부하게 함유하고 있어 소화에 도움을 주며 포만감을 느끼게 해주어 식사 후 간식이나 불필요한 음식을 섭취하는 것을 줄일 수 있다. 또한 비타민 B군 및 미네랄 성분도 풍부하여 에너지를 공급하고 체내 기능을 지원한다. 종합적으로 쿠스쿠스는 영양소가 풍부하면서도 칼로리가 낮아 건강한 식단에 적합한 선택지가 되고 있다.

43

Rib-Eye
Steak

육즙 가득, 프리미엄 스테이크
립아이 스테이크

디즈니랜드에서 슈퍼바이저로 일하는 저스틴(Justine) 씨는 가장 좋아하는 음식이 무엇이냐는 질문에 스파이시 핫윙(Spicy Hot wings)이라고 대답했다. 하지만 라스트 밀로도 스파이시 핫윙을 먹겠느냐는 질문이 이어지자, 그는 황급히 스테이크를 먹겠다고 대답을 바꿨다. 많은 백인 남자들이 스테이크를 선택했는데, 그중 50대 백인 남자는 스테이크가 남자의 저녁이라고 표현했다.

스테이크 굽기는 미디엄 레어 선호도가 많았고, 의외로 레드 와인을 곁들여서 먹겠다는 대답은 많지 않았다. 그리고, 여자분들은 아무도 스테이크를 라스트 밀로 선택하지 않았다. 필자가 가장 좋아하는 스테이크는 '루스크리스 스테이크 하우스(Ruth's Chris Steak House)' 식당의 '카우보이 립아이 스테이크(Cowboy Rib-eye Steak)'이다. 고온에서 구워내어 육즙이 풍부한 립아이 스테이크에 버터 향을 입힌 이 스테이크는 서빙될 때 접시가 매우 뜨거우니 조심하라는 경고가 따른다. 스테이크는 생일이나 결혼기념일과 같이 특별한 날에 먹는 음식으로, 남자들에게는 특히나 라스트 밀의 단골 메뉴로 자리매김하고 있다.

립아이 스테이크는 고단백, 저지방 식품으로, 철분, 아연, 비타민 B12와 같은 중요 영양소를 풍부하게 함유하고 있다. 특히 철분은 혈액 속 산소 운반에 중요한 역할을 하며, 아연은 면역 체계를 강화하고 상처 치유를 촉진한다. 비타민 B12는 뇌 기능과 신경 기능을 유지하는 데 필수적이며, 에너지를 생성하는 과정에도 관여한다.

또한, 립아이 스테이크에는 우리 몸에 필요한 단백질이 풍부하게 함유되어 있어 근육을 강화하고 성장을 촉진한다. 이러한 단백질은 식사 후 더 오랫동안 포만감을 유지시켜주어 과식을 방지하고 체중 관리에 도움을 줄 수 있다.

44

Pork Rib
St. Louis &
Dark Chocolate

달콤한 조화

폭립 세인트루이스 & 다크 초콜릿

60대 백인 부부를 인터뷰할 기회가 있었다. 남편인 케빈(Kevin) 씨는 고민 끝에 자신이 만들 수 있는 음식을 선택했다. 그 선택은 세인트루이스 스타일로 굽는 베이비 폭립 바비큐였다. 그리고 그의 부인인 캐럴(Carol) 씨는 마지막 식사를 하나가 아닌, 애피타이저, 메인, 디저트 등 많은 음식을 선택하고 싶다고 했다. 하지만, 꼭 한 가지 음식만 선택해 달라는 부탁에 독특하게도 다크 초콜릿을 선택했다. 마지막 순간에는 배를 채우기보다는 달콤함을 느끼는 것이 좋겠다는 이유였다.

폭립 세인트루이스는 미국 세인트루이스에서 유래한 바비큐 스타일로, 독특한 모양과 맛으로 유명하다. 이 스타일의 폭립은 일반적으로는 돼지갈비뼈를 사용하며, 단계적인 조리 과정을 거쳐 부드럽고 진한 맛을 낼 수 있다. 감칠맛 나는 바비큐 소스와 함께 구워지며, 먹을 때는 뼈 사이에서 고소한 육즙이 새어 나온다.

폭립 세인트루이스는 단백질과 지방이 풍부하며, 비타

민 B와 아연 등의 영양소를 함유하고 있어 에너지를 공급하고 면역 시스템을 강화하는 데 도움을 준다. 바비큐 소스에는 당분과 나트륨이 함유되어 있으므로, 채소나 샐러드와 함께 섭취하여 영양 균형을 유지하는 것이 좋다.

다크 초콜릿에도 다양한 건강상의 이점이 있다. 다크 초콜릿에 함유된 코코아는 항산화 물질인 폴리페놀과 플라보놀을 풍부하게 함유하고 있어 심혈관 건강을 촉진할 수 있다. 또한, 다크 초콜릿은 스트레스를 감소시키고 기분을 개선하는 데 도움을 주는 세로토닌과 엔도르핀을 분비시키는 데 도움이 될 수 있다.

45

Deep Dish
Pizza

시카고의 자랑
딥 디쉬 피자

캘리포니아 스테이트 플러튼 대학에 재학 중인 아만다(Amanda) 씨는 시카고 스타일의 딥 디쉬 피자(Deep Dish Pizza)를 최고 음식으로 뽑았다. 라스트 밀로도 먹겠냐는 질문에도 주저 없이 이를 선택했다.

시카고 스타일의 딥 디쉬 피자는 고급 레스토랑이나 일반 피자 전문점에서 찾아볼 수 있는 유명한 피자 중 하나로, 특유의 뚜껑 모양을 지닌 두꺼운 피자 지반에 토마토 소스와 치즈, 그리고 다양한 토핑이 층층이 쌓여 있는 것이 특징이다. 이 스타일의 피자는 1943년에 시카고의 '피제리아 우노(Pizzeria Uno)'에서 처음으로 개발되었다고 알려져 있다. 시카고를 방문하는 여행객은 반드시 먹고 온다는 유명한 피자이다.

딥 디쉬 피자의 밑 반죽은 일반적으로 얇지 않고, 오히려 파이 모양과 유사한 두꺼운 지반으로 만들어진다. 이 위에는 식당마다 다양한 소스와 치즈, 고기, 채소 등이 여러 겹으로 올려져 있어 깊은 맛과 풍부한 식감을 선사한다. 딥 디쉬 피자는 일반적으로 다른 피자보다 칼로리가 높고 지방 함량이 높을 수 있으므로, 건강에 유의하여 섭취해야 한다. 그러나 적절한 양과 다양한 토핑 선택으로 즐기면, 이탈리아 피자와는 다른 독특한 맛을 경험할 수 있다.

　필자도, 둘째 아들이 시카고에 위치한 '노스웨스턴대학(Northwestern University)'을 다니고 있었기 때문에 시카고 '지오다노스(Giodano's)' 식당에서 딥 디쉬 피자를 먹어 볼 기회가 있었다. 인기가 많았기에 저녁 시간에 1시간 이상 줄을 선 후에야 결국 먹어 보게 되었다. 토마토소스의 감칠맛과 질 좋은 치즈의 깊은 맛이 바싹한 얇은 빵과 어우러져 환상적인 맛을 자아냈다. 그 맛에 감동하여 딥 디쉬 피자 2판을 냉장 특수 포장해서 캘리포니아까지 투고(To-go) 해 와서 지인에게 선물까지 했다.

46

Sloppy
Joe

촉촉한 햄버거의 향연

슬러피 조

건축회사에 다니는 코헨(Cohen) 씨는 어머니가 주말에 자주 만들어 주었던 슬러피 조를 선택했다. 슬러피 조는 20세기 초 미국에서 개발된 소울푸드로, 그라운드 비프 혹은 그라운드 포크에 양파, 토마토소스, 우스터 소스(Worcestershire sauce) 등을 넣고 끓여서 만든 후, 햄버거 빵에 넣어서 온 가족들이 함께 먹을 수 있는 음식이다.

코헨 씨는 이 요리는 유럽 이민자들이 미국으로 이주한 이후에 미국에서 개발되었다고 설명했다. 1930년대 미국에서 첫 번째로 슬러피 조(Sloppy Joe) 샌드위치를 판매한 플로리다 '키웨스트(Key West)' 식당 소유주인 조 시포(Joe Siopo)의 이름에서 유래되었다고 한다. 슬러피 조는 주로 소스가 고르게 스며 있는 소프트한 햄버거 번으로 먹는다. 이것은 손으로 먹기 쉽고, 소스가 빵에 스며들어 풍부한 맛을 느낄 수 있도록 해준다. 슬러피 조는 그 특별한 맛과 쉽고 간단한 준비 과정 덕분에 많은 미국 가정에서 자주 만들어 먹는 인기 요리 중 하나이다.

47

Mexican
Rice

매콤하고 향긋한 색다른 밥 요리

멕시칸 라이스

올해 대학교 신입생인 미리암(Myriam) 씨는 냄비에 기름을 듬뿍 넣고 양파와 롱 그레인 쌀을 볶다가 물을 넣고 끓인 후, 잘게 썬 토마토를 첨가하여 정성스럽게 만든 멕시칸 라이스를 마지막 순간에 먹고 싶어 했다. 미리암 씨에게 멕시칸 라이스는 할머니가 어릴 적부터 만들어 주신 뜻깊은 음식이라고 한다. 멕시칸 라이스는 주로 북부 멕시코 지역과 미국 남부 지역에서 사이드 음식으로 자리하고 있는데, 멕시코 음식의 기본이 되는 음식 중 하나로 꼽힌다.

멕시칸 라이스는 스페인의 멕시코 식민지 점령 이후, 스페인 문화와 식문화가 멕시코에 영향을 미치면서 스페인의 쌀 요리가 멕시코로 전해지게 되며 발전한 요리이다. 멕시칸 라이스는 스페인식 쌀 요리와는 달리, 멕시코의 향신료와 특색 있는 재료가 첨가되면서 고유의 멕시코식 쌀 요리로 발전하게 되었다. 또한, 멕시칸 라이스는 타코, 브리또 등 다른 멕시코 음식과 함께 먹으면 멕시코 요리의 맛을 더욱 극대화할 수 있다. 풍부한 향신료와 향을 가진

이 요리는 많은 이들에게 인기가 있으며, 멕시코 요리의 특별한 맛을 경험하고자 하는 이들에게 강력히 추천된다.

멕시칸 라이스는 쌀과 토마토, 양파, 각종 향신료를 사용하여 만들어지는데, 이러한 재료들이 함께 조리되면서 서로의 맛과 향을 잘 어우러지게 한다. 특히 멕시칸 라이스는 고기나 채소와 함께 먹을 때 더욱 풍성한 맛을 낼 수 있다. 이 요리는 다양한 영양소를 함유하고 있어 영양가 또한 높다. 쌀은 탄수화물과 식이섬유를 풍부하게 함유하고 있어 에너지를 공급하고 소화를 돕는 데 도움을 준다.

또한 토마토에는 비타민 C와 카로틴이 풍부하여 면역력 강화와 피부 건강에 도움을 줄 수 있다. 양파에는 항산화 물질이 풍부하게 함유되어 있어 각종 질병 예방과 염증을 줄이는 데 도움이 되며, 향신료들은 소화를 촉진하고 신진대사를 활성화시켜 신체 건강에 도움을 줄 수 있다. 따라서 멕시칸 라이스는 맛뿐만 아니라 영양 면에서도 이점을 가지고 있는 음식이라고 할 수 있다.

48

Mole

풍부한 초콜릿 칠리 소스

몰레

미국 핀테크 회사에 다니는 다니엘르(Daniele) 씨는 살사 소스와 함께 멕시코를 대표하는 몰레를 마지막 식사로 선택했다. 몰레는 한국의 김치와 마찬가지로 멕시코 각 지역과 만드는 사람에 따라 수백 가지의 요리법이 존재한다. 다니엘르 씨는 어렸을 적 어머니와 함께 20여 가지 재료를 사용하여 쓴맛, 단맛, 신맛, 매운맛의 균형을 이루며 깊은 맛을 내는 몰레 소스를 만들었는데, 이 과정에서 특히 색을 진하게 하기 위해 초콜릿을 첨가했다고 한다.

멕시코 몰레는 전통적으로 토끼, 치킨 등 고기, 다양한 음식과 함께 즐겨 먹는데, 그 풍부한 향은 멕시코 요리의 중심적인 부분으로 간주된다. 현재까지도 멕시코의 각 지방에서는 몰레 축제가 열리며 지역 주민들이 함께 몰레를 즐기는 행사가 이어지고 있다. 멕시코 몰레는 그 특별한 맛과 향으로 멕시코 음식을 더욱 풍성하고 특별하게 만들어 준다.

멕시코 몰레는 고단백, 저지방, 고섬유질의 특성을 가

지고 있어 건강에 좋다고 알려져 있다. 몰레에 사용되는 다양한 향신료와 토마토, 초콜릿 등의 재료는 항산화 작용을 하여 신진대사를 촉진하고 면역 시스템을 강화하는 데 도움을 줄 수 있다. 또한 몰레에는 천연 재료를 사용하기 때문에 인공 첨가물이 없어 식품 안전과 건강에 이로운 면이 있다고 할 수 있다.

49

Pozole

어머니의 따스함이 느껴지는 수프

포솔레

리버사이드대학(UC Riverside)에 다니는 대학생 조슈아(Joshua) 씨는 멕시코 출신으로, 어머니가 만들어 주는 옥수수 수프인 포솔레를 그의 마지막 식사로 선택했다. 리버사이드 대학교에서 방학 때 애너하임에 있는 집으로 돌아갈 때마다, 그는 어머니가 끓여주는 포솔레가 가장 먹고 싶은 음식이라고 말했다.

포솔레는 멕시코의 전통 스튜 요리로, 껍질을 벗겨 손질한 옥수수 알갱이에 돼지고기를 넣어 끓인다. 멕시코 문화에서는 옥수수를 신성한 재료로 취급하기 때문에, 포솔레는 중요한 행사나 손님 접대용으로 특별히 준비된다. 잘게 썬 양상추나 양배추, 고추, 양파, 마늘, 무, 아보카도, 살사 또는 라임으로 양념하고 장식할 수 있다. 포솔레는 주로 술을 마신 후 속풀이로 즐겨 먹는 음식으로, 메누도(Menudo)와 함께 멕시코 사람들 사이에서 매우 인기가 있다.

멕시코의 다양한 지역에서는 각자의 버전으로 포솔레

를 만든다. 일부 지역에서는 멕시코시티 스타일의 풍부한 토마토 기반 소스를 사용하고, 다른 지역에서는 녹색 소스나 레드 소스를 사용하여 색다른 맛을 즐긴다. 따라서 포솔레 수프는 지역마다 차이가 있지만, 그 특유의 풍미와 영양 가치는 널리 인정받고 있다.

50

Barbacoa

일요일 아침에 즐기는 타코

바르바코아

30대 초반의 호세(Jose) 씨는 어머님이 만들어 주신 멕시코 요리 바르바코아를 마지막 음식으로 꼽았다. 멕시코 바르바코아는 멕시코 요리 중에서도 특히 전통적이고 풍부한 맛으로 유명한 음식 중 하나이다. 이 요리는 주로 소의 뺨이나 양 머리와 같은 부위를 사용하여 만들어지며, 양파, 마늘, 올리브 잎, 그리고 리퀴드 스모크(Liquid Smoke)와 같은 다양한 재료를 사용하여 조리된다. 슬로 쿠커(Slow Cooker)에 재료를 넣고 8시간에서 12시간 동안 천천히 조리하면, 고기와 야채가 어우러진 풍부한 육수가 만들어져 고소하고 깊은 맛을 내는 비프 스튜가 완성된다.

　멕시코 바르바코아는 그 특별한 맛과 향 때문에 주로 주말에 가족이나 친구들과 함께 즐기는 음식으로 알려져 있다. 토요일 밤에 재료를 넣고 슬로 쿠커를 켜 놓으면, 일요일 아침에는 풍부한 스튜가 준비되어 특별한 아침 식사를 즐길 수 있다. 완성된 바르바코아는 토르티야나 타코와 함께 먹을 수 있으며, 실란트로나 살사를 함께 곁들이면 더욱 풍부한 맛을 낼 수 있다.

    멕시코 바르바코아는 단순히 맛뿐만 아니라 영양적으로도 풍부하다. 고기와 야채가 함께 끓여지면서 육수에 많은 영양소가 녹아들게 되며, 특히 천천히 조리되는 과정에서 고기의 기름이 걸러지면서 칼로리를 조절할 수 있게 된다. 또한 다양한 식재료를 함께 먹기 때문에 영양 균형도 매우 좋다. 이러한 이유로 바르바코아는 멕시코 가정에서 소중한 가족 모임의 음식으로 자리하고 있다.

51

Chicken
Tinga
Enchiladas

매콤한 치킨과 토르티야

치킨 팅가 엔칠라다스

마커스(Marcos) 씨는 남가주 터스틴에 위치한 일본식 음식점에서 스시 셰프로 일하고 있는 40대 중반의 멕시코 출신 친구이다. 그는 한국 혹은 일본계 셰프가 대부분인 스시 식당에서 피나는 노력을 해서 손님들에게 인기가 가장 좋은 스시 셰프로 인정받고 있다. 마커스 씨는 자신의 라스트 밀로 멕시코 치킨 팅가 엔칠라다스를 선택했으며, 이 음식은 그가 자녀들에게 자주 요리해 주는 대표적인 음식 중 하나이기도 하다. 그리고 자신도 이 음식을 매우 좋아한다고 한다.

멕시코 치킨 팅가 엔칠라다스는 팅가 소스로 만든 치킨을 옥수수 토르티야로 싸서 만든 요리이다. 팅가 소스는 오랫동안 멕시코에서 사랑받아 온 소스로, 주로 토마토, 양파, 고추 등 다양한 재료를 사용하여 만들어진다. 이 소스는 주로 닭고기와 함께 조리되며, 그 고소하고 풍부한 맛이 요리에 특별한 매력을 더한다. 치킨은 옥수수 토르티야 안에 감싸져 제공되며, 종종 양파, 체다 치즈, 사워 크림 등의 토핑으로 마무리된다. 마커스 씨는 이 요리의 소스를 직접 만들어 사용한다고 하며, 그의 솜씨로 만들어진 팅가 소스는 특별한 맛을 자랑한다.

　멕시코 치킨 팅가 엔칠라다스는 맛뿐만 아니라 영양 면에서도 매우 훌륭한 음식이다. 신선한 고기와 신선한 야채를 사용하여 만들어지므로 단백질과 영양소가 풍부하며, 고소한 토마토 기반 소스는 식사를 더욱 풍성하게 만들어준다. 또한, 옥수수 토르티야는 고단백, 저지방 식품으로서 건강한 식습관을 유지하는 데 도움이 된다. 이처럼 멕시코 치킨 팅가 엔칠라다스는 맛뿐만 아니라 영양 면에서도 이롭다. 그리고 팅가 소스에는 고추나 토마토 등의 재료가 사용되어 신진대사를 촉진하고 면역력을 강화하는 데 도움을 줄 수 있다.

52

Tamales

크리스마스의 향기

타말레스

마리아(Maria) 씨는 나의 예전 직장 동료로, 40대의 멕시코 출신 여성이다. 그녀는 크리스마스 명절에 주로 즐겨 먹는 타말레스를 라스트 밀로 꼽았다. 타말레스는 옥수수 가루를 사용해 반죽을 만든 다음, 고기와 채소 같은 다양한 재료를 반죽 안에 넣은 뒤, 바나나 잎이나 옥수수 잎으로 반죽을 싸서 찜기에 삶아내어 완성하는 전형적인 멕시코 요리이다. 이 음식은 보통 크리스마스 시즌에 가족들이 모여서 함께 먹는 전통적인 음식으로 알려져 있다.

마리아 씨는 감사의 마음을 표현하기 위해 크리스마스 며칠 전에 약 50개의 타말레스를 만들어 두었고, 이를 찜기 속에 따뜻한 상태로 보관하다가 아침 출근길에 회사로 가져왔다. 이를 통해 동료들과 함께 그 맛을 나눌 수 있도록 했다. 필자는 이 과정에서 한국의 문화와 매우 유사한 멕시코 음식 나눔의 문화를 느꼈다. 마리아 씨가 가져온 타말레스는 주로 돼지고기를 안에 넣은 옥수수 가루로 만들어져 있어 구수하고 따뜻한 맛이 특징이었는데 왜 마리아 씨가 그 음식을 마지막 식사로 선택했는지 공감할 수 있었다.

    타말레스는 멕시코 요리 중에서도 특히 건강에 좋은 면이 있다. 옥수수 가루를 사용하여 만들어지므로 식이섬유가 풍부하고 소화에 도움을 준다. 또한, 다양한 식재료를 사용하여 영양소가 풍부하며, 타말레스가 찜기에서 조리되면서 영양소가 보존되어 건강에 이로울 뿐만 아니라 맛 또한 풍부해진다.

53

Chilaquiles

아침을 깨우는 토르티야 요리

칠라낄레스

20대 중반 발렌시아(Valencia) 씨는 멕시코 아침 요리인 칠라낄레스를 라스트 밀로 선택했다. 칠라낄레스는 전날 저녁에 먹고 남은 토르티야, 치킨, 살사 등을 활용해서 아침 혹은 브런치로 간단하게 만들어 먹을 수 있는 음식이다. 발렌시아 씨는 본인이 제일 잘 만들 수 있고 맛있는 음식이기에 이 음식을 본인의 라스트 밀로 선택하는 데 거침이 없었다.

이 음식은 파티 등에서 밤새 먹고 남은 딱딱해진 토르티야와 음식 재료들을 아침 식사로 재활용하자는 아이디어에서 시작되었다고 한다. 토르티야에 칠리소스, 토마토소스 혹은 몰레 소스를 부은 후에 부드러워질 때까지 끓인다. 이후, 이것을 접시에 담고 생 치즈와 양파, 치킨 등을 올리면 칠라낄레스가 간단하게 완성된다. 맛 평가 측면에서, 칠라낄레스는 고소한 토르티야의 바삭함과 살사소스의 풍부한 맛이 조화를 이루어 입맛을 돋우는 요리이다.

칠라낄레스는 다양한 버전으로 즐길 수 있다. 예를 들

어, 레드 소스나 그린 소스로 만들어진 칠라낄레스가 있으며, 고기나 계란, 아보카도, 크림, 치즈 등 다양한 토핑을 곁들여 먹을 수 있다. 칠라낄레스는 주로 신선한 재료로 만들어지는 멕시코의 전통적인 요리 중 하나이다. 이 음식은 식이섬유와 비타민, 미네랄이 풍부한 신선한 과일과 채소를 사용하여 영양가가 높다. 특히 토마토, 양파, 고추, 대파 등의 재료는 항산화 물질과 비타민 C를 다량 함유하고 있어 면역력을 강화하고 신진대사를 촉진하는 데 도움을 준다. 또한, 칠라낄레스에 사용되는 식초나 라임 주스는 소화를 촉진하고 식욕을 돋우는 데 도움을 주며, 고단백, 저지방의 요리로서 건강한 식단을 유지하는 데 도움이 된다.

54

Seven Seas
Soup

바다의 맛이 가득한

7가지 해산물 수프

엘살바도르 출신인 40대 초반의 이혼한 남성인 에밀리오(Emillio) 씨는 멕시코 7가지 해산물 수프를 선택했다. 이 요리는 칼도데 시에테 마레(Caldo de siete mares)라는 스페인 요리 이름으로도 잘 알려져 있으며, 해양의 다양한 식재료를 사용하여 만들어진다. 에밀리오 씨는 이 해산물 수프를 라틴 사람들이 술을 과하게 마신 다음 날, 아침에 속을 가라앉히는 해장 음식으로 주로 즐긴다고 설명했다.

해산물 수프는 다양한 해산물을 사용하여 만들어지며, 그 결과물은 깊고 풍부한 맛을 자랑한다. 주로 사용되는 해산물에는 새우, 조개류, 문어, 낙지 등이 포함된다. 캘리포니아 애너하임에 위치한 '마리코스 라 시레나(Mariscos La Sirena)'는 인어의 해산물이라는 뜻의 식당으로 이 7가지 해산물 수프를 특히 잘하는 곳으로 에밀리오 씨가 추천했다. 다만 이 음식을 만드는 데에는 시간이 많이 걸리므로 한가한 시간에 방문하여 맛보길 권했다.

멕시코의 7가지 해산물 수프는 해산물이 지닌 단백질과 미네랄이 풍부하여 건강에 매우 유익한 음식이다. 또한, 대부분의 해산물은 낮은 지방 함유량을 가지고 있어, 다이어트나 심장 건강을 고려하는 사람들에게 이상적인 음식이다.

55

Aguachiles

해산물과 라임 소스의 만남

아구아칠레스

일식당에서 아들과 함께 훌륭한 요리를 선보이는 40대 후반의 알레한드로(Alejandro) 씨가 자신만의 인생 요리로 선택한 것은 바로 아구아칠레스이다. 그의 이 특별한 요리는 라임즙의 상큼함과 새우, 빨간 양파, 오이, 그리고 매콤한 칠리의 조화로운 조합으로 이루어져 있다. 이 요리는 일반적으로 애피타이저로 즐기는데, 나초 칩 중에서 크기가 큰 토스타다스와 함께 먹으면 더욱 풍성한 맛을 느낄 수 있다고 한다.

알레한드로 씨는 아구아칠레스를 자신의 미각을 깨우는 묘한 맛으로 묘사하며, 특히 피곤하거나 입맛이 없을 때에는 항상 이 요리를 찾는다고 한다. 아구아칠레스의 칠리소스는 대게 초록색으로 만들어지는데 살짝 매콤하고 상큼한 맛이 특징이다. 이 음식은 그에게 늘 상쾌함과 활력을 전해주는데, 그것이 마치 맛의 마법 같다고 자랑스럽게 말했다. 알레한드로 씨는 마지막 요리로는 배를 채우기보다는 아구아칠레스의 맛을 음미하고 싶다고 했다.

아구아칠레스는 신선한 해산물을 사용하여 제작되기 때문에 단백질과 영양소가 풍부하다. 특히 새우에는 단백질과 오메가3 지방산이 풍부하여 심장 건강을 지원하고 염증을 줄여준다. 라임과 양파는 항산화 물질을 함유하여 면역력을 강화하고 소화를 촉진시킨다.

56

Carne
Tartara

아버지가 만들어 준 추억

카르네 타르타라

공유 사무실인 콜랩 스페이스(Colab Space)에서 일하는 30대 앨리사(Alyssa) 씨는 매일의 바쁜 업무 속에서도 미식가의 영혼을 지니고 있다. 그녀는 무엇보다도 아버지가 특별히 만들어주는 소고기 타르타라를 사랑하기에 이를 마지막 음식으로 먹고 싶다고 했다. 이 특별한 요리는 그라인드 비프를 5시간 이상 라임 주스에 절여서 풍부한 맛과 향을 끌어낸 다음, 할라피뇨, 후추, 양파 등의 조미료를 첨가하여 완성하는 요리다.

어느 날, 새로운 경험을 원하던 앨리사 씨는 그녀의 특별한 소고기 타르타라를 크래커 사이에 얹어 먹는 창의적인 아이디어를 갖게 되었다. 그녀는 이렇게 만든 새로운 플레이팅을 통해 완전히 새로운 맛과 향의 조합을 창조해 냈다고 한다. 크래커의 바삭함과 소고기의 부드러움이 만나 입맛을 사로잡는 특별한 음식이 되었다. 그런데 앨리사 씨의 창의성은 여기에 그치지 않았다. 그녀는 소고기 타르타라와 함께 멕시코의 맛을 더하고 싶다는 생각에 꼬치에 꽂아 구워낸 통 옥수수 위에 치즈, 마요네즈, 고춧가루, 고수 등을 뿌리고 옥수수 알갱이를 심에서 분리해 먹는 에스키테(Esquite)를 소고기 타르타라에 곁들여 먹는다고 한다.

소고기 타르타르는 단백질과 지방을 풍부하게 함유하고 있으며, 철분과 비타민 B12 등의 영양소를 제공하여 혈액 순환을 촉진하고 체력을 유지하는 데 도움을 준다. 그뿐만 아니라 신선한 양념과 채소를 함께 섭취하면 건강한 라이프 스타일을 유지할 수 있게 한다.

Part 3

나의 삶과
음식 이야기

"이에 내가 희락을 칭찬하노니 이는 사람이 먹고 마시고 즐거워하는
것보다 해 아래서 나은 것이 없음이라 하나님이 사람으로 해 아래서
살게 하신 날 동안 수고하는 중에 이것이 항상 함께 있을 것이니라."

전도서 8:15

1. 어머니와 어린 시절의 기억이 새록새록

[순댓국]

초등학교 때부터 어머니는 서울 공덕동에서 순댓국을
파는 식당을 운영하셨다. 덕분에 난 매일 저녁, 손님들이
가득 찬 식당 한구석에서 순댓국을 실컷 먹을 수 있었다.

순댓국뿐만 아니라 순댓국의 부속품인 돼지 머릿고기, 돼지고기, 순대, 간, 천엽 등을 번갈아 가면서 맛있게 먹었다. 다만 그때에 손님들이 오면 자리를 내줘야 했기에 좀 빨리 식사를 하는 버릇이 생겼다.

기찻길이 있었던 과거의 공덕동 동네, 그 당시에는 프로 복싱이 한창 인기가 있었다. 프로 복싱을 보는 날이면 어른들에게 글러브를 빌려서 동네 아이들끼리 길거리 복싱을 하곤 했다. 복싱이 끝나면 코피가 터진 우리에게 구경꾼들이 설탕을 잔뜩 넣은 미숫가루 음료를 직접 만들어 주셨다. 그 달콤한 맛은 아직도 잊을 수 없다. 복싱을 한 다음 날, 아침에는 숟가락 들 힘조차 없었다.

[홍시]

　겨울 방학 때면 진주에 있는 외할머니 집에 누나와 함께 가곤 했다. 서울에서와는 달리 진주의 겨울은 놀거리, 먹거리가 풍부했다. 한겨울에 동네 친구들과 함께 논두렁에서 자치기도 하고 연도 날리다 보니 어느새 경상도 사투리를 자연스럽게 말하게 되었다. 실컷 놀다 집에 오면 외할머니가 맛있는 저녁을 만들어 주셨다. 밤 9시쯤 되면 할머니가 마당으로 가서 땅에 묻어 놓은 독 안에서 어린아이 머리만 한 꽁꽁 언 홍시를 가져다 주셨다. 정말 시원하고 달콤한 맛이었는데, 지금도 생각하면 입에 침이 고일 정도다. 다시 꼭 먹어 보고 싶다. 지금까지도 그와 같은 홍시를 먹어 보지 못했다. 방학을 마치고 서울로 올 때는 혼자 사시는 외할머니가 고속버스 터미널까지 오셔서 멀어져 가는 손자, 손녀를 보며 손을 흔들며 눈물을 훔치셨는데, 그 모습이 아직도 선하다.

초등학교 5학년 때 경남 통영시에 사시던 친할머니가 서울로 올라와 함께 생활하게 되었다. 다만 친할머니와 어머니 사이에는 가끔씩 고부간의 갈등이 생기곤 했다. 화가 나서 두 분이 말없이 서먹하게 지내다가도, 저녁때 어머님이 친할머니가 좋아하시던 갈치조림을 정성껏 만들어 대접하면 다시 웃음꽃이 피어났던 일을 기억한다. 음식에는 사람들 간의 오해를 풀고 관계를 좋게 하는 비법이 있다는 걸 그때마다 느끼곤 했다.

[자장면]

　초등학교 6학년 때는 마포구 만리재로 48번지에 있는 신덕교회 축구부에 가입하게 되었다. 이유는 축구 시합이 끝나면 자장면을 사주기 때문이었다. 순댓국만 주로 먹는 나에게 자장면은 1년에 한 번밖에 못 먹는 음식이었는데, 교회를 가면 매주 주말 먹을 수 있어서 행복했었다. 어찌나 맛있었는지 말로 표현할 수가 없다. 그 당시 가족과의 외식은 전혀 없었고 졸업식 때나 중화요리집에 가서 몇 가지 요리와 자장면을 먹는 게 다였다.

만리동에 있는 환일 중학교에 들어가서는 학교 성적 때문에 충격을 받게 되었다. 초등학교 때는 곧잘 공부를 잘했는데 중학교에 오자마자 반에서 중위권에 맴도는 것이었다. 이유를 살펴보니 초등학교 때는 교과서와 모든 과목이 나오는 초등학교 전과 책 하나면 됐는데, 공부 잘하는 친구들을 보니까 과목마다 참고서, 문제집을 풀고 있었다. 그리고 문제집을 잠시 보니 그동안 시험에 나왔던 문제들이 많았다.

2. 배고팠던 시절 마포도서관 우동 국물

[우동]

중학교 1학년 1학기 여름방학 때 어머니를 설득하여 1학
년 2학기에 공부할 모든 과목에 대한 참고서와 문제집을
샀다. 마포도서관에 방학 동안 하루도 빠지지 않고 가서

2학기 음악, 미술을 포함한 모든 과목을 선행 학습했다. 맨밥 도시락 2개를 사 가지고 가서 마포도서관에서 50원에 파는 우동을 사서 점심, 저녁으로 도시락으로 싸온 밥을 말아서 먹었다. 짭조름한 그 우동 국물을 한 방울도 남기지 않고 마셨다. 간장 베이스의 우동 국물이 그때는 왜 그렇게 맛있었는지 모르겠다.

중학교 1학년 2학기가 되자마자 월례고사를 보았다. 반장 다음으로 2등을 하고 전교 9등이라는 성적이 나왔다. 전교 20등까지는 월례조회 때 교장 선생님이 전교생 앞에서 메달을 수여하는데 선생님과 급우들이 반에서 중위권 전교 100등 넘어 있던 아이가 갑자기 공부를 잘하니 이상하게 생각했다. 결국 1등까지 하게 되었다. 선행 학습을 하니 수업 시간에 선생님이 하시는 말씀이 귀에 쏙쏙 들어오면서 자연스럽게 복습이 되니 성적이 오를 수밖에 없었던 것 같다.

2교시 마치는 종이 울리면 학생들이 전력 질주를 하여

매점에 줄을 섰었다. 양은 냄비에 퉁퉁 불은 라면 면발을 미리 다 담아 놓고 학생들이 50원을 지불하면 뜨거운 라면 국물을 부어서 내주었다. 10분간의 휴식 시간 동안 이를 모두 먹어야 했기에 경쟁이 치열했다.

3. 부잣집 도시락이 부럽지 않았던 그때

[오이무침]

　이후, 서대문구에 있는 한성 고등학교에 입학하게 되었
다. 고등학교 때 기억에 남는 음식은 어머니가 도시락 반
찬으로 자주 싸준 오이무침이다. 오이에서 물이 많이 나

와 책을 여러 번 적시는 당황스러운 일이 있었지만 밥과 함께 먹으면 그 상큼한 맛에 맛있는 반찬을 싸온 부잣집 도시락이 부럽지 않았다.

대부분 사람들이 빠트릴 수 없는 추억의 음식이라 하면, 겨울철 난로에 올려놓았던 도시락일 것이다. 필자도 손에 목장갑을 끼고 도시락이 타지 않도록 아래 도시락을 빼서 위로 보내는 당번을 했다. 온 교실에는 음식 냄새로 가득했고 학생들은 수업 중인 선생님을 보는 대신 도시락에 시선을 두었다. 4교시가 끝나야 점심시간인데 식판도 씹어 먹을 나이인 고등학생들에게는 그 시간까지 기다릴 여유가 없었다. 2교시, 3교시가 끝나면 도시락은 다 없어지고 점심시간에는 운동장에 나가 급우들과 축구를 하였다.

고등학교 3학년 말에 연합고사를 본 결과 아주 애매한 성적이 나왔다. 명문 대학교에는 겨우 입학할 수 있는 성적이었다. 그때까지 순댓국 식당을 하시는 어머니의 고생을 보고 자라고 또한 동생들도 2명이나 있었기에 일찍 철이 들었다. 학교를 결정해야 되는 시기에 대우그룹에서 지원하는 아주대학교의 특별장학생 제도를 보게 되었다. 성적 우수자에게 4년 장학금을 지원한다는 공고였다. 아주대학교를 알아보고자 태어나서 처음으로 전철을 몇 번 갈아타고 수원에 가 보았다. 돌아오는 길에 많은 생각이 들었고 결심을 내렸다. 그래, 어머님을 돕자. 지금 다시 선택할 기회가 있어도 나는 같은 선택을 할 것이다.

4. 대학 시절 원조 컵라면

[종이 컵라면]

다행히 특별장학생으로 전자계산학과에 4년 장학금을 받고 입학하게 되었고 또한 지방 학생들에게만 배정되는 기숙사에도 서울 출신이지만 운 좋게 배정받아서 등교,

하교하는 시간을 절약할 수 있게 되있다. 기숙사 식당은 식권을 미리 사서 매일 바뀌는 음식을 먹고 하나씩 식권을 내는 시스템이었다. 찐밥이었는지 저녁 6시에 저녁 식사를 했는데도 밤 9시쯤 되면 배가 고프기 시작했다. 휴대 전화가 없던 시절이므로 라면을 미리 많이 사 놓았던 친구 방을 노크하여 "라면 있니?"라고 너스레를 떨고 함께 버너에 '안성탕면'을 끓였다.

기숙사 방에 신문지를 깔고 종이컵에 라면과 국물을 담아서 맛있게 먹었다. 라면을 먹은 후에는 담배를 피웠는데 학생 신분에 담배도 항상 부족해서 꽁초에 남은 담배 가루를 신문지에 말아서 피우기도 했다. 함께 라면을 자주 먹던 친구는 이글루시스템즈 상무를 거쳐 현재 천명소프트 연구소장을 하고 있는 전법훈 이사이다.

대학교에서는 전공과목 공부 이외에 영어 연극 동아리에 가입하여 아침, 저녁으로 영어 공부를 열심히 하였다. 영어 연극도 연습하여 재학생을 대상으로 나름 분장을 열심히 하여 정기 공연도 하였다. 기억나는 연극은 셰익스피어의 '한여름 밤의 꿈'이다. 학과 친구들보다 동아리 선후배와 보내는 시간이 더 많았고 연극이 끝나면 항상 뒤풀이로 학교 근처 식당에 가서 김치찌개와 파전 그리고 막걸리로 흥을 이어갔다.

대학 4학년 1988년 가을, 친구들은 취업 준비로 여념이 없는데 일생에 한 번 올까 말까 한 서울 올림픽을 앞두고 고민도 없이 자원봉사를 신청하였다. 선수촌에서 영어 통역으로 일하게 되었는데 주로 '복싱' 선수들 배차 및 지원을 담당하였다. 해외에 한 번도 가 보지 못한 필자에게 세상은 정말 넓고 다양한 사람들이 살고 있다는 사실을 깨닫게 해준 자원봉사였다. 또 영어 하나로는 부족하다는 것을 느끼기에 충분하였다. 고등학교 때 읽었던 책에서 봤던 '제2외국어를 배우는 것은 제2의 영혼을 얻는 과정이다.'라는 말이 다시 떠올라 삶의 질을 높이기 위해 가능한 많은 외국어를 배우자고 결심하게 되었다. 올림픽 때 가장 기억에 남았던 것은 선수촌 광장에 마련된 각종 탄

산음료를 무료로 먹을 수 있는 부스였다. 그 당시 귀했던 콜라를 정말 원 없이 많이 마셔보았다.

5. 지금도 잊을 수 없는 삼성 연수원의 돼지고기 강정

[돼지고기 강정]

올림픽이 끝나고 삼성그룹에 입사 지원서를 내고 시험을 본 결과 합격이 되었다. 지금은 에버랜드 연수원이 된 용인 자연농원에서 23박 24일 동안 그룹 합동 연수를 받게 되었다. 연수를 마치는 시점에 최종 회사가 결정이 된다고 했다. 삼성물산에 들어가 세계를 다니면서 무역을 하고 싶은 간절한 마음이 있었다. 다만 삼성물산은 연수생 모두의 제1지망 회사로 경쟁이 치열해 큰 기대는 하지 않았다. 연수원 식사는 또 다른 미각의 세계를 열어 주었다. 경험 많은 영양사가 선정한 세끼 메뉴가 나의 미각을 깨웠다. 특히, 돼지고기 강정은 겉은 바삭하고 속은 촉촉한 단짠의 대명사로 지금까지 살면서 그런 맛을 두 번 다시 느끼지 못했다. 정말 꼭 다시 먹어 보고 싶은 음식이다.

연수 중 삼성 계열사 제품들을 가지고 시내를 다니면서 노상에서 판매도 하는 프로그램이 있었다. 필자는 공항으로 가서 출국하는 외국인들을 대상으로 판매하자는 아이디어가 떠올라 삼성 시계를 가지고 가서 다 팔 수 있었다. 판매 수익금은 전부 가질 수 있어 행복했다. 동기생들과 치열한 경쟁도 있었지만 재미있는 연수 생활을 마치고 드디어 기다리는 회사 배정의 시간이 돌아왔다. 전날 밤에 한 동기생이 자기 친척이 삼성생명의 인사팀에 있는데 자기는 삼성물산에 배정받았다고 자랑을 하였다. 하지만 뚜껑을 열어보니 필자가 삼성물산에 배정되었고 그 친구는 다른 회사로 가게 되어서 그 친구와 마주친 눈빛이 무척 어색하였다.

 1989년 삼성물산 경영지원팀에 배치되어 사회생활을 시작하였다. 빨리 돈을 벌어 그동안 3남 1녀를 혼자서 키우시느라 고생하시는 어머니를 돕고 싶었다. 회사 생활의 시작은 쉽지 않았다. 대학에서 배운 전산 지식들은 크게 도움이 되지 못했다. 회사에서는 IBM 4381 슈퍼컴퓨터를 쓰고 있었는데 한 번도 사용하지 못한 신입 사원들을 위해 석 달 동안 여의도 IBM 코리아 본사에 가서 교육을 받게 하였다. 새로운 전산의 세계가 펼쳐졌다. 너무 신기했다. IBM 교육을 마친 후 수출팀에 배치되어 지금까지 인생의 멘토가 되신 정현명 선배를 만나게 되었다. 그가 나의 지도 선배가 되어서 실무 업무를 꼼꼼히 알려준 덕분에 나는 업무를 차근히 배울 수 있었다. 다만 정 선배는 그냥 자세히 알려주는 것이 아니고 원리만 알려주고 내가 직접 문제를 풀게끔 하는 방식을 취했다. 어떤 날은 문제점을 해결할 수 있는 방법을 아시면서도 내가 문제를 해결할 때까지 같이 기다려 주었다. 그 시간이 무려 새벽 네 시였다. 지금 생각하면 참 고마운 선배이다.

6. 직장 생활의 고단함을 이기게 한 음식

[숯불 바비큐 치킨]

직장 생활 중 기억에 남는 음식은 예전 삼성물산 본사
가 있었던 시청 앞 서소문에 있는 32년 전통의 '맛나 숯불
바비큐 치킨' 식당이다. 숯불에 한 번 초벌해 놓고 주문이

들어오면 곱게 빻은 마늘과 다양한 과일을 갈아 넣은 소스 양념을 발라 다시 한번 구워주는 치킨이었는데, 이 치킨과 함께 생맥주를 동료들과 마시면 직장 생활의 고단함은 저 멀리로 사라졌다. 이 집 치킨이 너무 맛나서 치킨 짝꿍인 맥주를 많이 먹게 되곤 했는데 덕분에 이 식당은 화장실에 '체중 줄이는 곳'이라는 재미있는 이름을 사용하고 있다. 이 식당의 주소는 '서울 중구 서소문동 93번지'이다. 한국 출장 갈 때는 삼성물산 선후배들과 약속을 이곳에서 잡고 옛 추억을 회상하면서 숯불 바비큐 치킨을 같이 먹는다.

직장 동료 10여 명과 분기에 1회 정도는 서초동 예비군 훈련장 야산에 위치한 식당에서 회식을 했다. 토종닭으로 만든 닭볶음탕과 소주를 먹으며 강도 높은 근무로 쌓인 정신적 피로를 풀었다. 식사비는 인당 10만 원 정도 가지고 와서 동양화, 서양화 게임을 해서 이긴 사람이 식비를 내는 구조였다. 이 모임은 퇴사를 한 선배분들도 합류하여 삼성을 나온 후에도 아주 오랫동안 지속되었고 미국 주재원 시절에 필자가 한국에 출장 갈 때마다 선후배들이 온다고 한 번 모이고, 간다고 한 번 더 모이는 모두가 기다리는 만남이었다.

당시 토요일 오전까지 근무하였는데 퇴근 후 대학로에 위치한 아가페 카페로 향했다. 이곳에서 대학 영어연극 동아리 선후배들과 일본어 공부를 했다. 공부를 마치면 종로 2가 YMCA 뒷골목으로 이동하여 고등어구이, 삼치구이와 파전을 시켜서 막걸리로 뒤풀이를 했다. 이곳 YMCA 뒷골목에 들어서면 생선 굽는 연기가 자욱하고 군침이 도는 냄새가 진동을 했다. 일본어 공부를 하러 만나는 건지 고등어구이가 먹고 싶어서 모임에 오는지 모를 지경이었다.

이 모임에서 동아리 여자 선배로부터 소개받은 일본 친구와 1년간 편지를 주고받으면서 일본어를 공부한 것이 큰 도움이 되었다. 쓸 수 있으면 말할 수 있다. 일본 친구는 교토(Kyoto)에서 관광객을 안내하는 관광 안내원인데 한국인 관광객들이 워낙 많아서 한국말을 무척 배우고 싶어 했다. 필자는 일본 말로 편지를 쓰고 일본 친구는 한국말로 편지를 써서 복사해서 틀린 부분을 빨간 펜으로 정정해 주어서 다음 편지 때 그 사본을 같이 동봉하는 방식으로 펜팔을 하였다.

7. 첫 해외여행지인 일본에서의 문화적 충격

1990년 태어나서 처음으로 비행기를 타게 되었다. 펜팔 일본 친구의 초청으로 오사카, 교토 여행을 하게 되었다. 얼마나 가슴이 뛰었는지 여행 전날 밤 쉽게 잠이 들지 않았다. 먼저 오사카에 도착해 친척 집에 며칠 머무르게 되었다. 토요일이 되자 온 가족이 같이 카페에 가는 것이었다. 카페에 가니 동네 사람들이 모두 모여서 토스트, 커피 등의 아침 식사를 즐기고 있었다. 맞벌이를 많이 하는 일본 사람들은 아내를 배려해서 토요일 아침에는 식사 준비를 하지 않고 카페에서 브런치를 먹는다고 했다. 지금은 이해하지만 그 당시에는 생소한 문화에 많이 놀랐었다. 기억에 남는 다른 일은 동네 목욕탕에 갔는데 돈을 받던 목욕탕 중년의 주인 여자분이 남탕으로 들어와서 필요한 게 뭐 있냐고 물어보아서 너무 황당했던 일이다.

이후, 교토로 이동하여 펜팔 친구의 안내로 교토, 나라 등을 여행하게 되었다. 참 아기자기하고 세밀한 일본 문화가 무척 신기하였다. 료칸(일본 전통 여관)에서 묵으면서 유카타(집안에서 입는 일본의 전통 의상)를 입고 온천도 하고 각종 튀김, 스시, 두부 요리, 미소 수프를 먹으면서 일식의 맛을 경험할 수 있었다. 한국으로 돌아오는 귀국 비행기에서 면세품을 보는데 구찌라는 브랜드가 있었다. 일본 말로 구찌가 입이라고 알고 있어서 승무원에게 이 제품이 입안에 뿌리는 것이냐 물었더니 승무원의 웃음이 터졌다. 향수도 모르는 촌놈 티를 내고 말았다. 지금 생각해도 얼굴이 화끈거린다.

제3의 영혼을 얻고자 삼성물산 재직 시에 퇴근 후 서울 회현동에 위치한 알리앙스 프랑세즈(Alliance Française) 학원에 다니면서 불어를 배웠다. 발음 자체가 음악 같고 너무 멋있는 프랑스 말에 매료되었다. 이때, 2년간 외국어를 배운 이후에 그 나라를 방문해 배운 언어로 현지인과 대화하자는 계획을 세웠다. 프랑스어를 배운 지 만 2

년째 되는 해에 4박 5일로 휴가를 받아 에어 프랑스를 타고 처음 프랑스 파리(Paris)를 방문했다. 파리는 도시 자체가 박물관 같았다. 겉은 바삭하고 속은 촉촉한 바게트 빵, 그리고 루브르 박물관(Musée du Louvre), 오르세 미술관(Musée d'Orsay)까지 너무 먹을 게 많고 볼 게 많아서 잠자는 것도 아까운 신나는 시간이었다. 파리 여행을 오기 전에 계획했던 일을 실천했다.

[앙트르코테(Entrecôte)]

파리 공원에 가보면 혼자 앉아 있는 노인들이 많다. 한 분에게 다가가 인사를 하고 한국에서 온 여행객인데 프랑스어와 프랑스 문화에 관심이 많다고 하면서 말을 걸었다. 심심하셨던 프랑스 노인분은 몇 시간에 걸쳐 프랑스에 대해서 설명해 주었다. 결국은 그분이 내 손을 이끌고 본인 집으로 데려가서 전통 프랑스 가정식을 만들어 주시고 대화를 이어 갔다. 프랑스어도 연습하고 프랑스 문화도 익힐 수 있는 좋은 기회였다. 노인분들은 정말 많은 장서를 가지고 있는 도서관 같다고 평소 생각해서 나온 아이디어였다. 그분이 해주신 음식이 '앙트르코테(Entrecôte)'라는 립아이 스테이크였다. 적포주와 같이 먹는 앙트르코테는 정말 일품이었다. 공원에 가서 노인분들에게 대화를 거는 일은 그 후 나의 외국어 습득의 전략이 되었다.

프랑스 여행을 마치고 귀국 후에는 삼성물산 불란서 연구회에 가입하였다. 이곳은 서울대, 외대 등에서 프랑스어를 전공한 분과 프랑스 귀임 주재원들이 모여서 프랑스에 대한 연구를 하던 곳이다. 필자가 가입한다고 하니 불란서 연구회 회원들이 모두 의아해했다. 전공도 전산을 한 프로그래머가 불란서 연구회에 온다니 믿지 못하는 분위기였다. 가입한 후 그동안 연마한 프랑스어를 구사하니 모두들 반겨주었다. 정말 재미나는 모임이었다.

8. 포도주로 시작한 낭만적인 프랑스 생활

이후, 1995년 삼성그룹에서 '지역 전문가' 제도가 발표
되었다. 수출이 많았던 삼성그룹에서 세계 각국에 1년간
직원을 파견해 현지 언어, 문화를 익히게 하는 프로그램
이었다. 급여는 그대로 한국 구좌에 주고 현지에서 쓸 수
있는 연간 10만 불 정도를 지원하는 파격적인 프로그램이
었다. 삼성물산에서 삼성SDS로 직장이 변경된 필자는 가
슴이 뛰었다. 하지만 문제는 부서장 추천이었다. 중견 사
원으로 많은 업무를 담당하고 있는 필자를 부서장이 쉽게
뺄 수 없는 상황이었다.

당시, 자기가 알고 있는 기술을 자기 자리를 지키려고
잘 알려주지 않는 문화가 팽배하였다. 하지만 필자는 부
사수인 조정권 현 인스웨이브 전무에게 모든 것을 알려주

어 자리를 비워도 아무 문제가 없었다. 이 상황을 부서장에게 설명하여 간신히 허가를 받았다. 몸이 가벼워야 다른 부서도 갈 수 있고, 다른 일도 할 수 있다는 생각이 맞아떨어지는 순간이었다. 운 좋게 30 대 1의 경쟁을 뚫고 삼성SDS 1호 프랑스 지역 전문가로 선발되었다.

알리앙스 프랑세즈에서 2년간 불어를 공부하고 있었던 것이 큰 점수를 받았던 것이다. 하지만 회화 수준에서는 많이 부족했기 때문에 한국에 있는 프랑스인을 섭외하여 불어 공부를 하는 것을 회사에서 지원해 주었다. 수소문 끝에 프랑스 대사관 무관 부인이 섭외되었다. 매주 토요일 오후에 프랑스 대사관 관저 내에 있는 무관의 집에 가서 2시간씩 여러 가지 주제를 가지고 불어로 대화하면서 공부하였다. 늦가을 무렵, 무관 부인이 점심 초대를 했다. 노란 은행잎이 가득 찬 프랑스 대사관의 아름다운 경치를 감상하면서 무관집에 들어가니 애피타이저로 데블드에그를 내어주었다.

노란색 은행나무와 은행나무 낙엽이 가득 찬 프랑스 대
사관 경내의 풍경 속에서, 데블드에그는 그와 잘 어울리
는 모습을 지닌 음식이었다. 데블드에그는 완숙으로 삶은
달걀의 노른자만 빼어내 마요네즈, 소금, 머스터드 등을
넣고 다시 흰자에 넣은 후, 파브리카 가루를 전체적으로
뿌려서 낸 음식이다. 데블드에그는 눈으로 먼저 먹고 입
으로 다시 한 번 먹는 음식이라 할 정도로 아름다웠다. 지
금도 기억나는 아름다운 음식이다.

[데블드에그]

당시 28살이었는데 선배의 소개로 대학로 한 카페에서 지금의 아내를 만났다. 업무 때문에 40분이나 늦었는데 그때까지 기다려준 것에 감동을 받았다. 첫눈에 결혼해야 할 여자라는 생각이 들었다. 데이트는 주로 돼지갈빗집에서 했다. 아내가 고기를 많이 좋아해서 식사는 주로 고기를 먹었다. 세 번째 만나는 날 돼지갈빗집에서 프러포즈를 하였다. 고기를 많이 사주었는지 결혼 수락을 받을 수 있었다. 아내 집에 처음 인사하러 간 날, 장모님께서 목포에서 삭힌 홍어를 공수해서 삼합을 차려 주셨다. 홍어, 돼지고기 수육, 그리고 김치를 한꺼번에 싸서 먹는 삼합을 난생처음 먹어 보았다. 홍어의 톡 쏘는 맛에 삼킬 수도 뱉을 수도 없는 난감한 상황이 연출되었다. 어렵게 차린 음식인데 뱉을 수가 없어 간신히 삼켰다. 눈물이 찔끔 나왔다.

　장인어른이 예비 사위가 마음에 드셨는지 많이 취하실 만큼 약주를 드셨다. 어른과 술을 마셔 본 경험이 없어서 잔뜩 긴장하고 마셨는지 다행히 먼저 취하지 않았다. 시간이 조금 흘러 선발된 프랑스로 파견을 가야 할 때가 되었다. 어학 공부도 파견 목적의 하나여서 독신 파견이 엄격한 규칙이었다. 삼성그룹 인사팀에서는 선발된 인력 가족들의 출입국 관리를 체크한다고까지 했다. 출국을 2주 앞두고 장인어른께서 제안해 주셔서 친한 친구들을 초대하여 약혼식을 하게 되었다. 동해안으로 약혼녀와 여행을 가서 전복죽, 각종 해산물, 회 등을 실컷 먹고 행복한 추억도 많이 만들었다.

어느덧 프랑스를 가야 할 날이 왔다. 1995년 3월 10일, 에어프랑스 항공기를 타고 꿈에 그리던 프랑스 드골공항에 도착하였다. 커다란 이민 가방을 가지고 파리의 한 호텔에서 1박을 하고 테제베(TGV) 기차를 타고 세계적인 프랑스어 어학원이 있는 프랑스 중부 지역의 '비쉬(Vichy)'로 내려가 '카빌람(Cavilam)' 학원에 등록했다. 카빌람 학원은 세계 각국의 외교관들이 불어를 배우러 오는 곳으로 온천도 매우 유명한 도시이다.

난 카빌람 학원에서 소개받은 마담 뤼흘로 씨 집에서

하숙을 하였다. 뒤흘로 씨는 아들을 파리로 보내고 푸들 한 마리와 함께 살고 있는 마담이었다. 월요일부터 금요일까지 아침과 저녁을 주고 빨래까지 해주는 조건이었다. 오후 4시쯤 학원을 마치고 숙소로 돌아와 숙제를 하다가 오후 5시경부터는 2층 방까지 퍼지는 요리 냄새가 배고픈 위장을 괴롭혔다. 특히 아스파라거스 수프를 끓이는 냄새는 참을 수 없었다. 프랑스식 전통 요리를 매일 밤 함께 먹으며 프랑스 문화와 일상생활을 배우는 소중한 시간을 보냈다. 샐러드의 물기를 빼는 일은 필자의 역할이었다.

[아스파라거스 수프]

주말은 계약상 직접 식사를 마련해야 했는데 한국에서 어머니가 싸주신 소고기 고추장볶음과 멸치볶음을 반찬으로 먹었다. 때로는 라면에 멸치볶음을 넣어 특식으로 즐겼다. 라면 냄새 때문에 마담 튀흘로 씨가 식탁으로 와서 자기도 한 입 먹어보면 안 되냐고 간청했고, 덜어주자 정말로 맛나게 먹었다. 멸치볶음의 작은 멸치를 'Petit Pioson(작은 물고기)'이라고 하면서 특히 좋아하였다.

카빌람 학원에는 학생들을 위한 구내식당이 있었다. 그곳에서 한국에서는 경험해 보지 못한 비트(Beet)를 처음 맛보았다. 빨간 무라고도 불리는 비트는 아삭한 식감과 풍부한 영양소를 가지고 있으며, 특유의 붉은색으로 샐러드를 비롯한 다양한 요리에 사용된다. 또한, 자주 나오던 메뉴 중 하나는 빠테(Pate)였다. 빠테는 고기나 야채 등 각종 재료를 반죽한 후 중탕으로 익혀 굳힌 음식이다. 빠테를 바게트 빵에 발라 먹으면 좋은 결혼(Bon Marriage)이라고 하는 궁합 좋은 음식의 조합이 된다.

[빠테 & 바게트]

비쉬에서는 함께 공부하는 학생들과 자주 술자리를 가졌는데, 어느 날 한국에서는 경험하지 못했던 포도주를 2병이나 글라스에 가득 따라서 원샷으로 마시면서 "한국인들은 술을 이렇게 먹는다!"라고 외치고는 얼마 후에 혼절하였다. 며칠 동안 학원에도 갈 수 없는 상태로 술병 때문에 고생했다.

3개월의 비쉬 생활을 마치고, 그해 여름에 한 달 일정으로 1년간 장기 렌트한 푸조 차를 몰고 400km 떨어진 프랑스 남부의 대학도시 몽펠리에(Montpellier)에 가서 몽펠리에 대학 여름 학기를 수강하였다. 이곳에서 세계 각국에서 온 젊은 학생들과 교류했는데 특히 아직까지 연락하고 지내는 피터(Peter)라는 독일 학생이 가장 기억에 남는다. 독일 학생들의 저녁 파티에 초대받아 모닥불을 마당에 피우고 독일식 소시지를 구워서 맥주와 함께 먹는데 그 맛이 세상 모든 것을 가진 느낌이었다. "참 세상에는 맛난 음식이 많이 있구나." 속으로 외쳤다.

몽펠리에의 대표적인 음식은 '부야베스(bouillabaisse)'다. 원래는 프랑스 어부들이 값비싼 생선은 팔고 남은 생선들을 따로 모아 한국 해물탕처럼 먹는 값싼 생선 요리였다. 지금은 프랑스 남부 해안 도시 고급 레스토랑에서 파는 값비싼 음식이 되었다. 미국에서 이와 비슷한 음식을 발견하였다. 샌프란시스코에서 유래된 '치피노(Cioppino)'이다. 치피노는 이탈리아 생선 요리를 미국식으로 재해석한 생선 요리로 미국 전역에서 매우 인기 있는 메뉴이다. 부야베스와 다른 점은 치피노는 빵을 생선 요리 국물에 적셔 먹는다는 것이다.

몽펠리에에 거주하면서 프랑스 남부 도시를 여행할 수 있었다. 국제 영화제로 유명한 칸느(Cannes)는 바다색이 파란빛과 보랏빛의 중간인 짙은 푸른빛인 쪽빛(Indigo)이었는데, 아직도 그 아름다운 색이 잔잔한 영상으로 남아 기억 속에서 잊히지 않는다. 이곳에서는 아침 식사로 연어와 프로슈토(Proscuitto)를 버터 바른 바게트 빵에 넣어서 커피와 먹었는데 아무리 먹어도 질리지 않는 맛으로 먹고 나서도 속이 편한 음식이었다.

인터넷이 생기기 전에 프랑스는 당시 미니텔(Minitel)이라는 단말기를 많은 가정에 무료로 지급하였다. 미니텔은 전화선을 이용한 모뎀 방식의 시스템으로 일반인들이 비행기 도착 시간, 은행 잔고 확인 등을 할 수 있는 세계에서 제일 발달된 IT 시스템이었다. 이 시스템을 열심히 연구했는데 이후 인터넷이 등장함과 함께 미니텔도 역사

속으로 사라졌다. GPS 시스템이 없었던 시절 아틀라스 (Atlas) 지도책을 보면서 운전을 했는데 길을 잃을 때 작은 상점에 가면 노인분들도 미니텔을 검색해서 목적지 가는 법을 알려주곤 했었다. 이를 보고 선진국이 괜히 선진국이 아니라는 생각이 들었다.

1995년 여름이 지나고 8월이 되었다. 파리에서 나머지 6개월 동안의 지역 전문가 활동을 하기 위해서 정든 몽펠리에를 떠나 750km를 8시간에 걸쳐 차를 몰고 파리에 도착했다. 신문 광고를 보고 커튼을 열면 에펠탑이 보이는 16지구 고층 아파트를 찾아 입주할 수 있었다. 파리에서 첫 번째 시도한 일은 영화를 배우는 학원에서 영화를 만드는 과정을 공부하고 학생들과 함께 10분짜리 짧은 영화를 만든 것이다. 이때 영화의 제목이 지중해 지역이 원산지인 '아티초크(Artichoke)'이다.

아티초크는 로마 시대부터 연회의 별미 음식으로 요리되기 시작했는데, 특유의 향기와 부드러운 식감 때문에 인기가 높은 채소이다. 영화 제목을 아티초크라고 지은 이유는 파리에 온 바람둥이 이야기인데, 유럽에서 여러 여자에게 사랑을 주는 바람둥이를 지칭할 때 아티초크로 많이 비유하기 때문이다. 이 아티초크를 조리해서 먹는 방법은 중심 부분에 있는 아티초크 하트(Artichoke Heart)를 먼저 먹고 잎사귀 끝부분에 아티초크 하트와 같은 맛을 내는 부분을 혓바닥에 올려놓고 윗니로 그 부분을 먹는 것이다. 심장, 즉 사랑을 여러 사람에게 나눠주는 모습이 연상이 되는 야채이다.

파리에서는 일주일에 2편씩 프랑스 영화를 보았다. 영화 내용을 보면서 프랑스인의 생각과 문화를 간접적으로 익힐 수 있었기 때문이다. 아침에 일어나면 매일 빵집에 가서 바게트 빵 반 덩어리를 사가지고 집으로 와서 계란 요리와 함께 버터에 발라서 커피와 함께 먹었다. 영화 학원 수업을 마치면 점심시간이 되었다. 점심에는 근처 카페에 가서 빵 사이에 소스를 바르고 햄과 치즈를 끼운 뒤 피자치즈와 파슬리 가루를 뿌린 후 예열된 오븐에서 구워서 만드는 프랑스식 토스트인 '크로크무슈(Croque-monsieur)' 혹은 크로크무슈에 달걀 프라이를 올린 '크로크 마담(Croque-Madame)'을 주로 먹었다.

[크로크무슈]

겨울이 되자 파리에서 700km 떨어진 샤모니(Chamo-nix)에 스키를 타러 갔다. 샤모니는 동계 올림픽이 열렸던 곳으로 산이 높고 눈의 질이 좋아 많은 사람들로 붐볐다. 곤돌라를 타고 30분이나 올라가 산 정상에서 오랫동안 스키를 타고 내려오는 기분은 짜릿했다. 중간에 점프를 할 수 있는 작은 언덕도 만들어져 있고 산 중턱에 피곤하면 쉴 수 있는 카페도 있었다. 이 카페에서는 추위를 녹일 수 있는 끓인 적포주인 뱅쇼(Vin Chaud)가 주메뉴였는데 한 잔 마시면 추위가 떠나갈 정도로 몸에서 열이 났다. 프랑스 농부들은 새벽 5시경 밭일을 나가기 전에 포도주를 많이 넣은 수프를 끓여서 마시고 힘을 얻어 일을 했다. 그들은 아침 8시쯤 새벽일을 마치고 집에 와서 허기진 배를 채우는 아침 식사를 했다.

샤모니에서 2주간 머무르면서 유럽 사람들은 스키보다 작은 스키로 눈길을 걷는 크로스컨트리를 더 좋아한다는 것을 알았다. 삼삼오오 작은 그룹을 지어서 오손도손 눈길을 걷는 모습은 아름다운 서양화를 보는 것 같았다. 저녁에는 샤모니에 있는 식당에서 여행객들과 뒤섞여서 '퐁뒤(Fondue)'에 포도주를 마셨다. 퐁뒤는 프랑스어를 주로 사용하는 알프스 지역과 그 주변 지역에서 뚝배기 같은 냄비에 치즈를 녹인 뒤 빵에 찍어서 먹는 음식이다. 냄비에 기름을 끓여서 사각형으로 자른 고기를 익혀 먹는 고기 풍뒤, 초콜릿을 녹여 먹는 초콜릿 풍뒤도 있다.

[치즈 풍뒤]

9. 베트남 쌀국수를 사랑하게 된 삼성 미국 주재원

1996년 3월, 1년간의 프랑스 지역 전문가 연수를 마치고 무사히 삼성SDS에 복귀하였다. 복귀 후 부서 배치를 받았는데 해외 인프라 추진팀이었다. 당시 삼성은 영국을 유럽 본부, 싱가포르를 아시아 본부, 뉴저지를 북미 본부로 정해서 지역 본부제를 운영하고 있었고 해외 인프라 추진팀은 이 지역 본사의 IT를 지원해 주는 부서였다. 지역 본부에서 필요한 경영자 정보 시스템(EIS: Executive Information System)을 웹 방식으로 개발하여 지역 본사를 다니면서 삼성 계열사 법인장들을 대상으로 개발된 시스템을 교육하였다.

교육을 받은 지역 본사에서는 저녁에 맛있는 음식을 사주셨다. 이 중에서 특히, 아시아 지역 본사가 있는 싱가포르에서 필자가 마지막 식사로 정한 페퍼크랩을 먹어 볼 수 있었다. 싱가포르 해변가에 위치한 점보 식당에서의 페퍼크랩은 한 번 먹으면 중단할 수 없고 손가락에 묻은 소스까지 먹을 수밖에 없는 참으로 매력적인 음식이다. 한국 여의도 IFC몰에도 점보식당이 진출했다.

1996년 5월 4일 약혼 후, 1년간 기다려 준 약혼녀와 삼성생명 대회의실에서 결혼식을 올렸다. 신혼여행은 사이판으로 갔다. 미리 호텔에 전화를 해서 샴페인과 편지를 준비하였고, 이를 본 아내가 감동했다. 신혼집은 산본의 작은 아파트에서 시작했다. 장인, 장모님이 산본으로 이사를 오셔서 산본역 입구 상가에서 경양식집을 운영하셨다. 평생 직업 군인으로 사셨던 분이 퇴직금을 일시로 받아서 전혀 해보지 않았던 식당을 운영하시다 보니 많은 어려움을 겪으셨다. 다만 덕분에 그 당시 경양식집의 주 메뉴인 돈가스를 원 없이 먹을 수 있었다.

아내는 전라도 광주 출신의 장모님 밑에서 자라면서 맛

난 집밥을 먹어본 기억이 많았다. 덕분에 그것을 기억하였다가 만들기를 반복하였고, 필자의 입맛을 사로잡는 음식을 많이 만들 수 있게 되었다. 해외 출장을 갔다 올 때마다 아내는 고춧가루가 듬뿍 들어간 소고기 콩나물국을 언제나 상에 내었다. 아내가 해 준 음식 중에서 필자가 가장 좋아하는 음식이다.

1998년 IMF 외환위기 시절에 지역 전문가로 프랑스를 다녀왔지만 결국은 미국 주재원으로 발령받았다. 그해, 부푼 꿈을 가지고 캘리포니아 실리콘밸리(Silicon Valley)에 위치한 삼성SDS 미주법인에서 근무를 시작했다. 당시, 삼성SDS America는 직원이 3명뿐이었고, 매출은 관계사에서 받는 통신비가 전부였다. 프로그래머 출신인 필자는 전산 개발보다는 세일즈와 마케팅 업무를 맡게 되었다. 북미와 남미의 삼성 전 법인을 다니며 법인장들을 설득하여 IT 자산 및 법인의 현채인 전산인력을 삼성SDS America로 이관하고 시스템 운영 사업(SM: System Management)을 전개하여 법인의 수익 구조를 만들었다.

당시 사람 수로 인건비를 계산하는 대신 SAP R3 시스템 트랜잭션(Transaction) 당 얼마 하는 방식으로 제안하여 재무담당자들로부터 호응을 받아 시스템 관리(SM: System Management) 계약을 순조롭게 체결할 수 있었다. 트랜잭션 당 과금은 탄력적인 요금제로, 사업이 잘되어 트랜잭션이 많아지면 더 많이 청구하고, 사업이 어려울 때는 적게 청구하는 방식이었다. 이렇게 IT 비용을 고정비가 아닌 탄력적인 변동비로 전환하여 고객사와 윈윈(Win-Win) 하는 계약 체계를 수립했다.

삼성 주재원 시절, 한국 여성 국회의원이 산호세를 방문했다. 법인장이 저녁을 대접하고, 식사 후 여성 국회의원이 밤 비행기로 샌디에이고로 이동했다. 그날 밤 12시경, 법인장으로부터 전화가 왔다. 국회의원 아들이 버클리 대학에 다니는데 아들이 준비해준 선물을 그만 놓아둔 채, 그대로 샌디에이고로 내려갔다는 것이었다. 어떻게 대처해야 하는지 매우 난처했지만, 회사로 차를 몰고 가서 인터넷으로 방법을 찾았다. 산호세 공항에서 샌디에이고로 가는 첫 번째 비행기가 새벽 6시에 출발하는 화물 비행기라는 것을 알아냈다. 어느덧 새벽 2시가 되었고, 받은 아들의 주소로 급히 차를 몰고 이동했다.

버클리 근처 아파트까지는 차로 1시간 정도 걸렸다. 새벽 3시에 초인종을 누르니 학생 한 명이 이미 이야기를 들었는지 문을 열지도 않고 손만 내밀어 선물을 건네주었다. 화물로 보내야 해서 내용물을 물었더니 인삼이라고 대답했다. 멀리서 왔는데 문도 열지 않고 물건을 주는 행동에 화가 났지만, 어머니를 생각해서 귀중한 인삼을 준비한 아들의 마음을 생각해서 조용히 아파트를 나왔다.

회사로 돌아오니 새벽 4시가 조금 넘었다. 회사에서 대기하다가 6시 전에 산호세 공항 화물 센터에 가서 돈을 내고 인삼 상자를 첫 비행기에 실어 보냈다. 샌디에이고에 있는 주재원에게 전화해서 상황을 설명하고 1시간 뒤에 공항에 가서 물건을 수령하여 여성 국회의원이 묵고 있는 호텔로 가져다 드리라고 설명했다. 한밤의 인삼 소동이 끝나는 순간이었다.

미국에 주재하면서 미국이 왜 번영했는지에 대한 의문이 생겼다. 회사에서는 미국 현지인들이 오후 5시면 칼같이 퇴근하고 열심히 일하는 것 같지 않아 보였다. 주재원들만 밤늦게까지 일하고 일머리도 훨씬 좋은 것 같은데 왜 미국이 초강대국이 되었을까? 어느 날 그 해답을 알게 되었다. 미국 바이어와 맥주를 마실 기회가 있었는데, 이야기 끝에 그분도 84년 LA 올림픽 자원봉사자를 했다고 했다. 88년 서울 올림픽 자원봉사자였던 필자도 그 부분이 무척 반가웠다.

그분은 올림픽 주경기장에서 카드 섹션을 했는데 총 2번 가서 연습했다고 했다. 88년 서울 올림픽 때는 군인과 학생을 포함한 많은 사람들이 한 여름 땡볕에 3개월 동안 연습한 것을 단 2번 만에 끝냈다고 하니 놀라웠다. 그 비결에 대해 물어보니, 자신의 집으로 카드 섹션을 위한 도구와 매뉴얼을 우편으로 받았다는 것이었다. 매뉴얼에는 몇 월

몇 시에 주경기장 몇 열에 있어서 1번, 2번, 3번 순서대로 들으라는 절차가 상세히 적혀 있었기에, 자신은 그대로 했다는 것이었다. '아, 이거구나.' 모든 일에 매뉴얼을 만들어 작업하면 개인의 능력에 좌지우지되지 않고 크게 보아 시행착오 없이 결과를 만들 수 있는 것이 한국과 미국의 업무 방식 차이였다. 똑같은 일에 같은 시행착오를 여러 번 겪는 비효율성이 문제였다. 일본도 그렇고 선진국일수록 업무 매뉴얼이 잘 발달되어 있다.

큰아들은 한국에서 태어났고, 미국에서 둘째 아들과 막내딸을 얻었다. 아이들이 자라면서 현재는 비싸서 잘 먹을 수 없지만 당시에는 파운드당 $3에 팔던 LA갈비를 뒷마당에서 자주 구워주었다. 요세미티 공원으로 놀러 가서도 동네 공원에서도 사람들이 모이면 LA갈비와 꽁치를 구워 먹었다. 옥수수도 구워서 후식으로 먹고, 교외로 멀리 나가지 않아도 뒷마당이나 동네 공원에서 소풍 같은 식사를 즐길 수 있는 것이 미국 생활의 큰 장점이었다.

10. 박카스로 만든 리눅스 사업

주재원은 일반적으로 5년의 임기를 가지는데, 어느덧 귀임의 시기가 다가왔다. 어느 날 대학 영어 연극 동아리 선배이자 벤처 캐피탈 회사 대표였던 백종진 선배로부터 국제 전화가 왔다. 한글과컴퓨터를 200억에 인수했는데 필자의 도움이 필요하다는 것이었다. 삼성물산 입사 초기에 한 번, 프랑스 지역 전문가 시절 프랑스까지 찾아와 같이 일하자고 한 후, 이번이 세 번째 제안이었다. 좋은 조건의 제안과 심사숙고하는 선배의 진정성, 그리고 이제 삼성이라는 항공모함에서 떠나 벤처 기업을 알고 싶은 마음이 합쳐져 한글과컴퓨터 입사를 결정했다.

2003년 귀임 후 삼성SDS에 사직서를 제출하고 구의동 테크노마트에 위치한 한글과컴퓨터에 영업본부장 상무

이사 직급으로 출근하게 되었다. 입사해 보니 매출 100억에 영업적자가 100억을 넘는 재무구조였다. 후회가 밀려왔지만 이미 결정한 일이니 이 위기를 극복하고자 다짐했다. 제일 먼저 영업본부 직원 개인 면담을 하면서 한 가지 질문만 하였다. "한글과컴퓨터의 회사 문화가 무엇이라고 생각합니까?" 대부분 직원이 대답을 못했고 대답한 직원들도 답이 모두 달랐다. 많은 사람들이 평균 2년에 한 번씩 직장을 바꾸는 벤처 기업에서 기업 문화를 수립하는 것이 쉽지 않을 것이라 생각이 들었다.

이후, 어떻게 직원 교육을 시킬까 고민 끝에 매주 목요일 '본부장의 목요 편지'라는 형식을 빌려서 필자가 삼성에서 경험한 업무 처리 방식 그리고 가르침을 많이 받았던 만났던 사람들의 이야기를 이메일로 보냈다. 이 이메일에 직원들이 댓글을 보내면 답글로 소통하였다. 또한, 기업 경영은 채찍은 필요 없고 당근만이 의미가 있다는 평소 소신을 경영 활동에 적용하였다. 70:50 캠페인이 대표적인 방법이었다.

70:50 캠페인이란, 평소 연말에 매출이 몰리는 경향이 있었는데 상반기 중에 연간 매출 목표의 70%를 달성하자는 캠페인이었다. 70% 초과 달성한 이익의 20%를 고과에 따라 인센티브를 현금으로 지급하겠다는 약속을 했다. 결과는 상반기에 연간 매출을 달성하고도 남는 쾌거를 이뤄 낼 수 있었다. 덕분에 전 직원에게 현금 인센티브를 제공하여 약속을 지켰다. 또한, 두 차례에 걸쳐 일주일간 인도네시아 발리 클럽메드(Club Med)로 전 직원 해외 여행도 갔다 올 수 있었다.

여러 가지 방법으로 매너 경영을 실천한 결과 매출은 650억, 이익은 흑자 150억으로 창사 이래 최대의 실적을 3년 안에 달성할 수 있었다. 전 직원이 똘똘 뭉쳐서 이룰 수 있었던 결과였다. 결국 일은 사람이 하는 것이고 일하는 방법을 바꾸고 인센티브로 보상 체계를 확실히 만드니 일을 열심히 하라고 말할 필요가 없었고 실적이 저절로 따라온 것이라고 생각한다.

한글과컴퓨터 재직 시절에 기억에 남는 3가지 음식이 있다. 첫 번째는 '박카스'이다. 리눅스 신사업을 하고자 계획하고 당시 코어 리눅스(대표 김진광)를 찾아갔다. 빈손으로 가지 않고 박카스 두 박스를 사가지고 갔다. 설득 끝에 박카스를 같이 마시면서 핵심 인력 9명을 한글과컴퓨터로 합류시킬 수 있었다.

두 번째 음식은 한중일 아시아눅스(Asianux) 합작법인을 설립하고 중국 우시(Wuxi)에 R&D센터를 설립했을 당시, 중국 우시에서 접한 음식이다. 법인 설립을 위해 우시에 자주 갈 기회가 있었는데, 이 우시의 유명한 음식이 '참게'였다. 이 참게는 중국 3대 진미라고 할 만큼 주먹만한 검은 참게가 속이 알차고 고소한 맛이 일품이었다. 우시 공항에서는 공항 면세품으로도 참게를 판매할 만큼 지방 명물 음식으로 인기가 높았다.

[우시 참게]

세 번째 음식으로는 아시아눅스 일본 파트너인 미라클 리눅스(Miracle Linux)가 있는 일본 동경을 방문했을 때 이 회사 전 직원과 스시 보트를 빌려서 요리사와 함께 동경 바다로 나가서 스시와 튀김요리 그리고 선상 가라오케까지 신나는 시간을 보낸 적이 있다. 배에서 먹는 스시와 즉석 튀김요리는 지금 생각해도 입에서 침이 고인다.

4년간 한글과컴퓨터에서 근무한 후, 독자적인 도전

을 위해 퇴사하고 오픈 플럼(Open Plum)이라는 벤처 기업을 설립했다. 주요 사업은 계약관리 시스템(CM: Contract Management)으로, 법과 IT 사이의 소통이 어려운 분야를 타깃으로 선택했다. 미국에서 매년 1,000% 이상 성장하는 이 분야를 개척하기로 하였다.

주요 사업 파트너인 태평양 로펌 변호사 출신 이해완 변호사가 설립한 (주)로앤비와 협력하여, 각종 계약서에 필수 항목만 입력하면 자동으로 계약서가 작성되고 공인 인증서로 사인이 가능한 플랫폼을 개발했다. 건설사에서 일하는 직원들은 야근을 피해 간편하게 간이 계약을 작성하고, 인력 용역업체는 서울로 오는 불편함을 덜 수 있었다. 현재는 이 시장이 한국에서 성공적으로 활성화되었지만, 초기에는 시장 확대에 어려움을 겪었다.

11. 미국 이민 및 미식 경험

이 시기에 큰 아들이 중학생이 되었고, 아이들의 교육 문제로 고민하던 중, 미국 주재원 시절 친구인 앨런 조한슨(Alan Johansen) 씨가 한국 방문 계획을 알리면서 뜻밖의 기회가 찾아왔다. 앨런 씨는 나를 미국 회사의 최고 기술책임자(CTO)로 초대하고 싶다고 했고, 둘째와 셋째 아이들도 미국에서 태어난 상황이었기에 나는 미국으로의 이민을 결심했다. 미국 BKSEMS에 CTO로 입사하여 전자 사이니지(Digital Signage) 제품을 개발하였고, 이를 2,500여 개 AT&T 매장에 성공적으로 납품했다. 이 전자 사이니즈 제품은 한국의 삼일 CTS사로부터 주문자 제작 방식으로 생산했다. 이 제품 개발을 위해 한국에 출장 갔을 때, 삼일 CTS 최종원 대표로부터 세발낙지를 대접받게 된 것이 특별히 기억이 난다. 세발낙지는 무안 현지에서 구해 와 나무젓가락에 돌돌 말아 연탄불에 구워 먹는 특별한 음식으로, 그 맛은 둘이 먹다 하나가 없어져도 모를 정도였다.

이후, 건설 회사로 이직하여 건축 업무가 아닌 5년간의 식당 사업 기획 및 운영에 참여했다. 일식, 스테이크 하우스, 닭강정 전문점 그리고 가라오케 등 다양한 음식점들을 오픈하였고, 메뉴 개발을 위해 오렌지카운티, LA 및 라스베이거스의 고급 식당들을 방문하여 음식을 시식하고 평가하는 과정을 거쳤다. 메뉴 확정을 위해 고용한 셰프들이 만든 음식을 시식하는 과정에서 8KG 이상 체중이 늘기도 했다. 젊은 시절 90개국 이상을 여행하며 먹어본 많은 음식들의 맛을 정확히 기억하고 있었기 때문에, 이는 메뉴 개발에 큰 도움이 되었고, 셰프들도 필자의 의견을 존중해 주었다.

이 기간 중 가장 기억에 남는 순간은 일본에서 온 스시 소믈리에(Sommelier)를 만난 일이다. LA 한 스시 식당에 초대받아 참석한 사리에서는 다양한 종류의 스시를 즐길 수 있었고, 각 스시에 대한 설명도 들을 수 있었다. 개인적으로 활어로 만든 생선회를 좋아하는데, 이 행사에서 제공된 사시미를 미국에서 흔히 말하는 '버블(Bubble)'이라고 불리는 샴페인과 함께 먹어 보니 특별한 행복감을 느낄 수 있었다. 생선을 숙성하여 만든 일본식 사시미의 진정한 맛을 경험할 수 있었던 놀라운 순간이었다. 사시미는 사케와 함께 즐기기도 좋지만, 특별한 기쁨을 느끼고 싶다면 샴페인과 함께 즐겨보길 강력 추천한다.

[사시미 & 샴페인]

또한, 미국에서 닭강정 식당을 오픈하기 위해 한국의 유명한 만석닭강정 본사가 있는 속초를 방문했던 경험이 있다. 직접 먹어보고 원료를 확인하기 위해 만석닭강정 쓰레기 버리는 곳에서 재료가 담겼던 빈 상자 사진까지 찍었다. 맛있게 매운맛의 비결은 결국 청양고추였는데, 미국에서는 청양고추를 사계절 내내 구하기 어려워 맛있게 매운맛을 재현하는 데 어려움을 겪었다. 이 부분은 아직도 아쉬운 기억으로 남아 있다.

　미국은 다양한 민족이 모여 사는 이민 국가로, 가정에서는 각자의 언어를 사용하고 회사나 다양한 사람들이 모이는 모임에서는 영어를 주로 사용하는 환경이다. 이 다양성은 문화와 음식을 풍부하게 만들어 주었다. 세계 여행을 하지 않아도 미국에서는 세계 각국의 다양한 음식을 손쉽게 접할 수 있다. 조그만 노력해도 매주 다른 나라의 요리를 즐길 수 있다.

　마지막으로, 이 기간 동안 음식에 대한 호기심이 가득

했던 필자가 주변 지인들과 각종 모임에서 만난 200여 명을 인터뷰하며, 그들의 최고의 맛을 담은 식사에 대한 추억과 함께 얽힌 이야기를 모으기 시작했다. 이후, 단순히 이를 모으는 것을 넘어, 주변 사람들과 함께 공유하고 싶은 마음이 커졌다.

맺는 말

맛의 기억은
대대로 이어진다

　어머니의 음식 솜씨가 좋으면 그 딸도 음식 솜씨가 좋은 경우가 많다. 그 이유는 어렸을 때 어머니가 해준 음식의 맛을 기억하기 때문에 수차례의 시행착오를 거쳐 하나하나 옛 기억을 소환해내기 때문이다. 그렇게 되면 결국 그 음식과 같은 맛을 만들 수 있게 된다. 요즘 많이 이야기되는 '아는 맛'인 것이다. 이 맛의 기억은 세대를 넘어 면면이 이어지는 것이다.

　전라도 지방에 맛 좋은 음식이 많은 이유는 전라도 지

역이 산, 평야, 그리고 바다로 인해 식재료가 풍부한 것도 있지만 정약용 선생님을 비롯하여 양반들이 유독 전라도로 유배를 많이 갔기 때문이다. 이때 양반의 음식이 평민의 음식들과 조화를 이뤄 맛있는 음식을 많이 만들어 냈다고 음식 전문가들은 평가하고 있다. 이때 만들어진 맛있는 맛의 기억이 세대를 이어와 현재에까지 이른 것이다.

맛은 기억이다. 결혼 후 아내가 해 주는 음식이 어머니가 해 주시던 맛의 기억을 충족시키기에 충분하지 않아 작은 다툼이 있곤 했다. 이제는 아내가 해 주는 음식의 기억이 가장 크다. 세 자녀들도 타주에 있다가 집에 오면 산해진미보다 엄마의 음식이 제일 먹고 싶다고 한다.

200여 명이 넘는 분들을 인터뷰하는 동안 느낀 점은 사람이 일생을 통해서 먹었던 음식이 헤아릴 수 없이 많을 텐데 마지막 음식을 선택하는 데에는 그리 많은 시간이 걸리지 않았다는 것이다. 개개인이 가지고 있는 맛에 대한 가장 강렬한 기억, 그 무엇보다 강력하게 자리 잡고 있는 기억을, 인간은 인공지능보다 빠르게 검색해서 쉽게 찾아내는 것이었다.

또한, 이 책을 통해 다양한 음식과 그에 따른 독특한 이야기들을 담아내면서 즐겁고 유쾌한 경험을 했다. 독자 여러분도 이 책을 통하여 본인이 기억하고 있는 최고의 맛을 지닌 음식에 대한 기억을 떠올리면서 그 음식과 관련된 추억을 뒤돌아 보는 계기가 되기를 희망한다.

가장 많은 맛의 기억을 공유하고 있는 아내 김큐리, 큰아들 조홍래, 작은 아들 조승래, 막내딸 조윤서와 함께 이 책을 기념하고 싶다. 향후, 군인, 조종사, 변호사, 목사, 의사 등 미국의 주요 산업계를 대상으로 하는 필자의 '맛의 기억' 연구는 계속될 것이다. 끝으로, 필자의 글을 책으로 태어날 수 있게끔 도와준 미다스북스 출판사에게 무한한 감사를 전한다.